Das Mittelalter
Geschichten aus Nordhessen

Rolf W. Michael

Das Mittelalter

# Geschichten aus Nordhessen

mit Zeichnungen von Helen Keller

Wartberg Verlag

1. Auflage 2003

Satz und Layout: Grafik-Design Ulrich Weiss, Gudensberg
Druck: Druckerei & Verlag Steinmeier, Nördlingen
Buchbinderische Verarbeitung: Buchbinderei Büge, Celle

34281 Gudensberg-Gleichen, Im Wiesental 1
Telefon (0 56 03) 9 30 50
www.wartberg-verlag.de
ISBN 3-8313-1074-2

©·Helen·03

# Vorwort

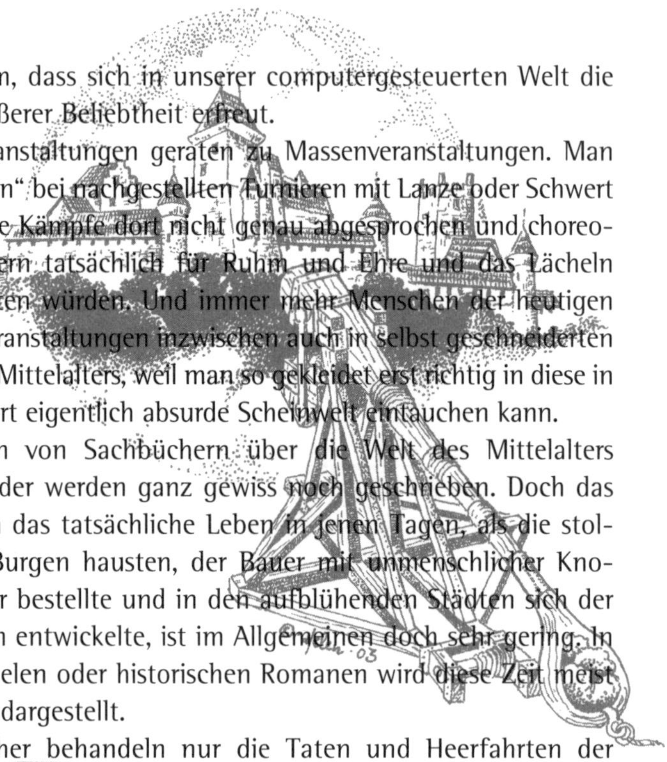

Es ist schon seltsam, dass sich in unserer computergesteuerten Welt die „Ritterzeit“ immer größerer Beliebtheit erfreut.

Mittelalterliche Veranstaltungen geraten zu Massenveranstaltungen. Man jubelt den „edlen Rittern“ bei nachgestellten Turnieren mit Lanze oder Schwert begeistert zu, als ob die Kämpfe dort nicht genau abgesprochen und choreographiert wären, sondern tatsächlich für Ruhm und Ehre und das Lächeln einer Dame ausgefochten würden. Und immer mehr Menschen der heutigen Zeit besuchen diese Veranstaltungen inzwischen auch in selbst geschneiderten Gewändern im Stil des Mittelalters, weil man so gekleidet erst richtig in diese in einer Zeit der Raumfahrt eigentlich absurde Scheinwelt eintauchen kann.

Ganze Bibliotheken von Sachbüchern über die Welt des Mittelalters wurden geschrieben oder werden ganz gewiss noch geschrieben. Doch das eigentliche Wissen um das tatsächliche Leben in jenen Tagen, als die stolzen Ritter auf ihren Burgen hausten, der Bauer mit unmenschlicher Knochenarbeit seine Felder bestellte und in den aufblühenden Städten sich der freiheitliche Bürgersinn entwickelte, ist im Allgemeinen doch sehr gering. In Filmen und Fernsehspielen oder historischen Romanen wird diese Zeit meist geschönt und verklärt dargestellt.

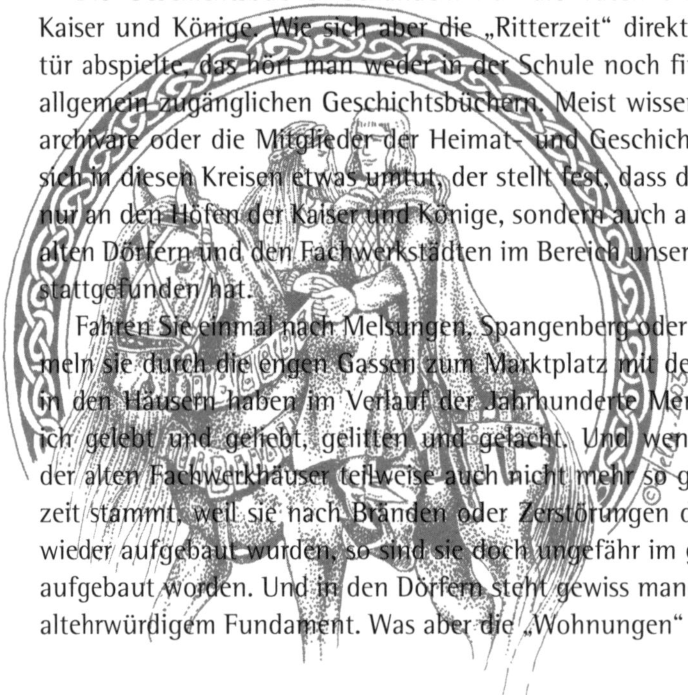

Die Geschichtsbücher behandeln nur die Taten und Heerfahrten der Kaiser und Könige. Wie sich aber die „Ritterzeit“ direkt vor unserer Haustür abspielte, das hört man weder in der Schule noch findet es sich in den allgemein zugänglichen Geschichtsbüchern. Meist wissen es nur die Stadtarchivare oder die Mitglieder der Heimat- und Geschichtsvereine. Und wer sich in diesen Kreisen etwas umtut, der stellt fest, dass das Mittelalter nicht nur an den Höfen der Kaiser und Könige, sondern auch auf den Burgen, den alten Dörfern und den Fachwerkstädten im Bereich unseres heutigen Lebens stattgefunden hat.

Fahren Sie einmal nach Melsungen, Spangenberg oder Felsberg und bummeln sie durch die engen Gassen zum Marktplatz mit dem Rathaus. Überall in den Häusern haben im Verlauf der Jahrhunderte Menschen wie du und ich gelebt und geliebt, gelitten und gelacht. Und wenn die Bausubstanz der alten Fachwerkhäuser teilweise auch nicht mehr so ganz aus der Ritterzeit stammt, weil sie nach Bränden oder Zerstörungen durch Feinde später wieder aufgebaut wurden, so sind sie doch ungefähr im gleichen Stil wieder aufgebaut worden. Und in den Dörfern steht gewiss mancher Bauernhof auf altehrwürdigem Fundament. Was aber die „Wohnungen“ der Ritter angeht –

nun, jeder dürfte schon einmal eine Burg oder deren Ruine besichtigt haben. Wir brauchen in unserer nordhessischen Heimat gar nicht weit zu fahren, um in die Vergangenheit eintauchen zu können.

Tun Sie es einfach mal! Die Welt des Mittelalters liegt direkt vor unserer Haustür. Fahren Sie los, erklimmen Sie einen Berg mit einer Burg, auch wenn sie schon halb zerfallen ist und sehen Sie sich auch die Dörfer am Fuß der Burgberge an. Oder schlendern sie durch die Tore der alten Stadtbefestigungen und finden Sie den Weg durch die Gassen zum Rathaus. Mit etwas Fantasie werden Sie sich dann Dinge vorstellen, die damals in grauer Vorzeit passiert sind oder hätten passiert sein können.

Gewiss, meine „Geschichten aus dem Mittelalter" sind in ihrer ursprünglichen Grundsubstanz frei erfunden und so angelegt, dass sie auch dem Leser, der niemals ein Geschichtsbuch in die Hand nehmen würde, mit einer spannenden Handlung Lesevergnügen bieten. Aber zwischen den Zeilen wollte ich auch etwas Interesse für die damalige Zeit erwecken und Verständnis für die nach unseren Vorstellungen sonderbaren Lebensumstände im „finsteren Mittelalter" schaffen.

Als ich mich dann mit Stadtarchivaren und nordhessischen Geschichtsvereinen in Verbindung setzte, denen ich an dieser Stelle recht herzlich für das mir zugesandte Material danke, fanden sich in einigen Fällen Möglichkeiten, die Handlungen in Ereignisse einzupassen, die tatsächlich stattgefunden haben oder die als Hintergrund dienen. Der Leser erkennt es leicht, wenn ich durch die Angabe einer Jahreszahl oder den Namen eines Landgrafen die Zeit der Handlung etwas konkretisiere.

Dieses Buch soll zur Unterhaltung und als „Appetitanreger" dienen und Sie, liebe Leserinnen und Leser, einladen, sich mit der „Ritterzeit" in unserer nordhessischen Heimat zu beschäftigen.

Das Mittelalter fand direkt vor unserer Haustür statt.

Treten Sie mit mir jetzt geistig hinaus, um es zu erleben....

Rolf W. Michael

# Ein Kind der Sünde...

Die Mägde, die in Eimern am Brunnen das Wasser schöpfen, strecken tuschelnd ihre Köpfe zusammen, als Bärbel Steyer an ihnen vorbei hinüber zum Marktplatz will, um bei den Bauern, die zum Markttag aus der Umgebung kommen, zwei Kohlköpfe zu kaufen. Die kleinen Gärten, die hinter den Bürgerhäusern angelegt sind, eignen sich nicht für großen Gemüseanbau. Innerhalb der Stadtmauern ist der Platz knapp bemessen und es genügt gerade für einige Stangenbohnen, Rüben und ein Beet mit verschiedenen Kräutern.

„Nun, Jungfer Bärbel. Wann ist es denn soweit?", fragt Gerlachs Kathi und kichert. Das ungefähr sechzehnjährige Madchen spürt, wie die Worte der Tochter des Stellmachers vor Hohn triefen. Doch der Sinn ihrer Worte ist für Bärbel Steyer dunkel. Und die Doppeldeutigkeit in der Rede von Gerlachs Kathi begreift sie überhaupt nicht.

Ihr ist nur seit einigen Tagen entsetzlich übel und sie hat sich mehrfach erbrochen. Außerdem hat sie sich um die Taille stark gerundet, obwohl sie doch nicht mehr zu Essen bekommen hat als sonst auch.

Wissen die anderen Mädchen vielleicht, was das für eine Krankheit ist, die sie da hat? Denn dass ihr ständig schlecht ist, hat sie ihnen vor drei Tagen gesagt, als man sie in die gemeinsame Spinnstube abholen wollte. Was hat man da bloß hinter ihrem Rücken über sie geredet? Und was soll dieses Lachen und Kichern der Mädchen, die doch eigentlich ihre besten Freundinnen sind. Zumal jetzt keine mehr kommt, um sie zur Spinnstube abzuholen und sie auch seit diesem Tag auf der Straße von allen gemieden wird.

Gewiss weiß die alte Irmgardis Trubel Rat. Die fast sechzigjährige Frau wohnt im ehemaligen Schweinestall beim Haus des Grobschmiedes und lebt, seit ihr Mann vor mehr als zwanzig Jahren von einem durchgehenden Pferd zu Tode getreten wurde, von kleinen Arbeiten im Tagelohn und von der Mildtätigkeit der Nachbarn. Von der alten Irmgardis geht das Gerede, dass sich jedes Mädchen mit Kummer und Harm an sie wenden könne und noch niemand ohne Tröstung ihre Behausung verlassen habe.

Bärbel wird sich nachher ein Herz fassen und Irmgardis Trubel aufsuchen. Vorher aber muss sie noch den Kohl, den sie kaufen will, schneiden und daraus eine Suppe vorbereiten. Denn der Herr Pfarrer, dessen Haushalt sie führt, will pünktlich nach dem Vesperläuten sein Abendessen haben. Auch wenn Hochwürden sonst ein gutmütiger Mensch ist, bekommt er nicht pünktlich seine Mahlzeiten, setzt es ein heiliges Donnerwetter.

Als Bärbels Mutter vor zwei Jahren gestorben ist, hat es der hochwürdige Herr zugelassen, dass das Mädchen trotz ihrer Jugend ihre Arbeit im Pfarrhaus übernehmen konnte. Die Verwandten ihrer Mutter wollen nichts von dem Mädchen wissen, weil ihre Mutter aus der Familie ausgestoßen wurde. Denn Bärbel ist, wie man es in jenen Tagen ausdrückte, ein Kind der Sünde und niemand weiß, wer ihr Vater ist. Das gilt als große und unauslöschbare Schande für die ganze Familie. Und deshalb ist Bärbels Mutter, als sie noch mit dem Kind schwanger ging, von ihrem harten Vater vom Hof gewiesen und ihrem Schicksal überlassen worden. Nach Meinung der ganzen Sippe hatte man damit ein gottgefälliges Werk getan. Die Schwangere hatte gesündigt, mochte sie nun zusehen, wie sie Buße tat.

In ihrer Verzweiflung war Bärbels Mutter in die Stadt gegangen, wo der Pfarrer, allen Heiligen sei es gedankt, gerade eine Magd brauchte, die ihm den Haushalt führt. Denn Gottes heilige Kirche achtet streng darauf, dass der Zölibat eingehalten wird und sich der geistliche Stand der Leidenschaft des Fleisches enthält.

Bärbels Mutter hatte zwar kaum Kontakt in der Stadt, aber Bärbel wuchs im Pfarrhaus von Homberg mit den anderen Kindern der Nachbarschaft auf. Und da ihre Mutter ja beim Pfarrer im Dienst war, fragte niemand nach ihrem Vater. Doch die Tage der Kindheit sind vorbei und auf der letzten Fastnacht war Bärbel sogar das erste Mal mit im Saal des Wirtshauses, wo getanzt wurde. Und wo sie dann ... aber daran will Bärbel im Augenblick nicht denken. Der Ritter, der sie an der Hand nahm und in den Tanzreigen führte, wohnt hoch oben auf der Burg inmitten der Stadt. Bärbel Steyer hat ihn seither nicht wieder gesehen.

Wenn nur diese... immer wiederkehrende...Übelkeit ... nicht wäre ...

***

„Kein Zweifel, Mädchen. Du bekommst ein Kind!“, kommt es trocken aus dem Mund der alten Irmgardis, kaum dass sie Bärbel etwas untersucht hat.

„Ein... Kind... wie... das?“, stammelt Bärbel Steyer. Als ihre Mutter starb, war sie noch zu klein, um von ihr auf das Leben als Frau vorbereitet zu werden. Als die Regelblutungen einsetzen, erklärte ihr der Pfarrer auf ihre bange Frage, ob sie jetzt sterben müsse, dass diese Blutung eine Strafe für die Sünden von Urmutter Eva im Paradies ist und wegen ihr alle Frauen einmal innerhalb eines Mondumlaufs diese Beschwerden haben. Diese Erklärung war für Bärbel Steyer in ihrer naiven Frömmigkeit völlig ausreichend und deshalb hatte sie sich keine Gedanken mehr darum gemacht.

Wo die Kinder herkamen, darüber hat sich Bärbel in ihrer Naivität noch keine Gedanken gemacht. Gewiss, dass ein Storch sie bringt, ist sicher etwas für Kinder. Der liebe Herrgott schenkt sie den Menschen, wenn sie sich ganz lieb haben. So viel hat sie mal gehört. Aber immerhin hat Bärbel niemanden, der sie lieb hat. Gewiss, der Herr Pfarrer ist so gütig zu ihr wie ein Vater und ihre Freundinnen umarmen sie gelegentlich. Ob das beim lieben Gott ausreicht, dass er ihr da schon ein Kind schickt?

Und jetzt will die alte Irmgardis auch noch wissen, wer der Vater ist. Ja, wenn die Bärbel das wüsste. Doch als die erfahrene Frau das unwissende Mädchen dann auszufragen beginnt, erfährt sie Dinge, über die sich Bärbel Steyer noch nie Gedanken gemacht hat. Derartige Unwissenheit kann es nur zu einer Zeit geben, wo alles, was in den Augen der Kirche Sünde ist, totgeschwiegen wird und man den unwissenden Bräuten am Hochzeitsabend sagt: „Zieh dich aus, leg dich aufs Bett, schließ die Augen und denke ‚Für Gott, Kaiser und Vaterland'!"

Nie hätte Bärbel geglaubt, dass das, was nach dem Fastnachtstanz geschehen ist, solche Folgen haben kann. Ritter Eckbert von Plettenberg war selbst von der Burg herabgekommen, um sich unter das Volk zu mischen. Er hatte bereits die Vierzig überschritten und jeder in Homberg wusste, dass er ein alter Hagestolz war, der kein Eheweib um sich duldete. Wozu auch? Es gab genügend Mägde in der Burg, die glücklich waren, einmal nicht zusammen mit den anderen Knechten und Mägden auf der gemeinsamen Strohschütte in der Gesindekammer schlafen zu müssen. Doch zu einem jungen Ding wie der Bärbel redete man natürlich nicht von solchen Dingen.

Bärbel Steyers Gedanken gehen zurück zum Tag des Fastnachtstanzes. Und mit leiser Stimme erzählt sie der alten Irmgardis alles, was sich damals zugetragen hat. Im Inneren ihres Herzens ist das alles so tief eingebrannt, als geschähe es jetzt, während sie redet, noch einmal.

Vor ihren geistigen Augen ist Bärbel Steyer wieder im Saal des Wirtshauses, wo der Stadtpfeifer und der Trompeter von der Burg zum Tanz aufspielen. Fröhliches Geschrei der Bürgersleute begrüßen Eckbert von Plettenberg, als der Burgvogt des Landgrafen mit einigen seiner Waffenknechte in der Tür steht. In diesen Tagen leben die Bürger von Homberg mit „denen da oben in der Burg" in gutem Einvernehmen und freuen sich, wenn sich der Ritter mit Gefolge einmal unter das Volk mischt.

Das junge Mädchen aber spürt sofort, dass die Augen des hohen Herrn auf ihr ruhen. Auch wenn er anfangs einige Honoratioren der Stadt begrüßt, spürt sie, wie seine Augen immer wieder zu ihr herübersehen. Als sich wieder alles im narrenfrohen Tanze dreht, kommt der Ritter zu ihr herüber. Obwohl Bärbel erst kaum ein Wort hervorbringt, kommt doch so etwas wie ein Gespräch zustande und als der Ritter ganz vorsichtig ihre Hand nimmt, beginnt das Mädchen langsam aufzutauen.

Der Ritter ist vom natürlichen Charme der Sechzehnjährigen entzückt. Er macht ihr Komplimente wie einem „Fräulein", also einem Mädchen von Adel, und kauft ihr von dem süßen Naschwerk, das der Bäckermeister extra für diesen Tag hergerichtet hat. Natürlich gibt es Getuschel unter den Anwesenden, als Eckbert von Plettenberg das Waisenmädchen immer wieder in den Tanzreigen führt und von den Anwesenden verwundert es keinen, dass er irgendwann mit ihr nach draußen geht, um nicht wiederzukommen.

Bärbel Steyer aber schwimmt in einem Meer der Glückseligkeit. Der Ritter hat sie vor sich aufs Pferd gehoben und auf die Burg eingeladen. Das breite Grinsen auf den Gesichtern der Wachen am Tor kann das Mädchen nicht deuten und das Kichern der Magd, der Eckbert aufträgt, aus dem Keller einen Krug Wein in sein Gemach zu bringen, begreift sie ebenfalls nicht. Für Bärbel ist das alles wie in einem der Märchen, die ihr die Mutter früher immer erzählt hat, wenn der König die Gänsemagd auf sein Pferd gehoben, zum Schloss gebracht und zu seiner Königin gemacht hat.

Das Gemach des Ritters ist die Kemenate, in der früher die Frau des Burgherrn mit ihren Zofen wohnte. Der einzige Raum innerhalb der Burg, der durch einen Kamin beheizt werden kann. Bärbel weiß nicht, dass der Ritter bereits vor einer Stunde einen seiner Knechte losgeschickt hat, ein Feuer im Kamin zu entfachen. Als der Ritter sie in das Gemach führt, hüpfen bereits die Flammen aus starken Scheiten und im ganzen Raum hat sich eine wohlige Wärme ausgebreitet. Auf dem grob gearbeiteten Tisch liegen verschiedene Schriftstücke ausgebreitet und an den weiß gekalkten Wänden hängen die Waffen des Ritters. Außer vier Stühlen und einer Truhe finden sich keine weiteren Einrichtungsgegenstände.

Wirklich nicht? Der Ritter zieht einen Vorhang beiseite, der das Gemach trennt und dahinter sieht Bärbel ein breites Bett, auf dem mit Federn ausgestopfte Decken und Felle gelegt sind. Halb zieht Eckbert von Plettenberg das Mädchen dorthin, halb sinkt sie in seine Arme auf das von reinem Leinen umgebene Strohpolster der Bettstelle. Und dann gibt ihr der Ritter mit freundlichen Worten von dem Wein zu trinken, den die Magd gebracht hat, um das Zimmer sofort wieder zu verlassen.

Noch niemals vorher hat Bärbel Steyer Wein getrunken. Der Ritter spricht freundliche Worte zu ihr und sorgt geschickt dafür, dass ihr Becher aus Zinn nicht leer wird. Bärbel spürt seine Hand erst über ihrem langem, strohfarbenem Haar, von wo sie zu ihrem Hals, den Schultern und schließlich zu den Brüsten niedergleitet. Gefühle, die das Mädchen niemals zuvor gespürt hat, durchrasen ihren Körper. Der Ritter ist so gut zu ihr. Und das, was er macht, ist keineswegs unangenehm, wenn man erst einmal daran gewöhnt ist. Zumal Bärbel jetzt ohnehin kaum mehr richtig denken kann und nicht weiß, dass es der Wein ist, der ihre klaren Empfindungen ausschaltet und die natürlichen Gefühle und das Verlangen ihres Körpers freigibt.

„Ich liebe euch, Herr Ritter", flüstert Bärbel, während er ihr geschickt das Mieder aufgeschnürt und das Brusttuch herausgezogen hat. „Und ihr, liebt ihr mich auch? Ich bin doch ein armes, unwissendes Kind."

„Aber natürlich liebe ich dich, kleines Bärbelchen." Wie zärtlich das aus seinem Mund klingt. Und dann küsst er sie auf den Mund. Wie merkwürdig – so ist Bärbel noch nie geküsst worden.

„Du bist kein Kind mehr, wo sich nur die Lippen berühren. Erwachsene küssen sich so", beruhigt sie Eckbert von Plettenberg, während er ihr das Kleid bis zur Hüfte herabstreift. „Wenn man erwachsen ist wie du es jetzt bist, dann ist es Sitte, Dinge zu tun, von denen man als Kind nichts weiß." Insgeheim lacht sich der Ritter ins Fäustchen. Die kleine Närrin wird ihm kaum Probleme bereiten.

„Wenn ein Mädchen erwachsen ist, wird es auch geheiratet", sagt Bärbel, während sie der Ritter sanft aufs Bett drückt und das Kleid vollständig auszieht. Immer wieder gleiten seine Hände über ihren zuckenden Körper und wecken Gefühle, wie sie das Mädchen niemals zuvor empfunden hat. Geschickt macht der Ritter das Mädchen bereit für das, was für ihn etwas Alltägliches, für die kleine Bärbel aber völlig neu ist.

„Wenn du es willst, dann werde ich dich auch heiraten, kleines Bärbelchen!", flüstert der Ritter und raschelnd sinkt das Kleid neben die Bettstelle. „Wirklich? Ihr werdet mich heiraten?" Bärbel sieht ihn groß an. Die Wirkung des Weines lässt vor ihr die Szenerie eines der Märchen entstehen, die sie so gern hört. Zwar ist Eckbert von Plettenberg kein König, aber sie ist auch keine Gänsemagd.

„Aber gewiss doch. Ich werde dich heiraten, süßes Mädchen. Ich schwöre es bei meiner ritterlichen Ehre...!"

***

„Und dann?", fragt Irmgardis streng und Bärbel Steyer erwacht aus ihrem Tagtraum, der durch das Erzählen von ihr Besitz ergriffen hat.

„Ich weiß nicht mehr so recht", stammelt das Mädchen. „Aber er war so lieb und so gut zu mir. Und was er mit mir gemacht hat, war so schön, dass ich es niemals vergessen werde. Als ich am nächsten Morgen erwachte, war der Ritter bereits zur Jagd geritten. Und bis jetzt hat er mich nicht noch einmal hinauf auf die Burg rufen lassen. Gewiss hat er das, was er mit mir gemacht hat, auch schon mit anderen Mädchen gemacht." „Aber ganz gewiss!", nickt die erfahrene Frau. Und dann erklärt sie dem Mädchen, was es bereits hätte wissen müssen. Das Geheimnis, wie menschliches Leben entsteht.

Denn Bärbel Steyer erwartet ein Kind. Und das bedeutet, dass sie das Pfarrhaus verlassen muss, damit der hochwürdige Herr nicht ins Gerede kommt.

Als Bärbel das Haus der Irmgardis Trubel verlässt, reitet Eckbert von Plettenberg gerade an der Spitze eines Trupps Gewaffneter in Homberg ein. Bärbel ruft seinen Namen und winkt. Ein kurzer Blick vom hohen Ross zu ihr herab, dann starrt der Adelige wieder starr gerade aus und ein Sporenstich treibt das Pferd zum rascheren Schritt.

Die Mädchen am Brunnen und auch alle anderen Leute haben es gesehen. Und bis zum Abendläuten wird es sich in Homberg herumsprechen, mit wem die Steyer Bärbel Beilager gehalten hat.

„Aber er hat mir doch bei seiner ritterlichen Ehre geschworen, dass er mich heiratet", stößt Bärbel mit tränenerstickter Stimme mehr zu sich selbst hervor. „Ein Ritterwort ist doch wie ein heiliger Schwur...!" So leise das Mädchen gesprochen hat, ihre Rede wird von den Mädchen am Brunnen gehört. Von jetzt an wird sie die Zielscheibe des Spottes in der ganzen Stadt sein.

„Das Blumenkränzlein von Seide fein. Wird dies Jungfer Bärbel beschieden sein?", trällert Susanna, die Magd vom Bäckermeister Ramsauer, hinter ihr her.

„Seine ritterliche Ehre...!" bebt es von Bärbels Lippen...

***

In ihrer Herzensgüte hat Irmgardis Trubel das unglückliche Mädchen aufgenommen. Der Herr Pfarrer hat in seiner Güte zugestimmt, dass ihm nun die ältere Frau den Haushalt führt und so etwas Geld verdient. Und er sieht auch darüber hinweg, wenn sie das Essen, das von seinem Tisch übrig bleibt, für das Mädchen in ihrer kleinen Behausung mitnimmt. Das arme Ding hat ja sonst niemanden außer dem lieben Gott, an den es sich wenden könnte. Aber die Stelle im Pfarrhaus konnte sie auf gar keinen Fall behalten. Immerhin ist sie in Sünde verfallen, die ihr das Leben lang anhängen wird. Auch wenn sie sich gar nicht bewusst war, dass sie gesündigt hat.

Mit dem Gebot „Du sollst nicht Unkeuschheit treiben" hat Bärbel Steyer niemals was Rechtes anzufangen gewusst. Weil sie nämlich nicht wusste, was „Unkeuschheit" überhaupt war. Das erkennt Hochwürden jetzt nur zu genau.

Aber es ist sicher nicht Aufgabe eines Dieners der Kirche, die Jugend über Dinge aufzuklären, die man gleichzeitig als „Sünden des Fleisches“ verdammen muss.

Das Grün des Sommers vergeht und der Herbst färbt die Blätter der Bäume bunt. Immer seltener verlässt Bärbel Steyer die Behausung der alten Irmgardis. Der Spott der Mädchen, die einst ihre Gespielinnen waren, trifft sie tief in ihre Seele. Der älteren Frauen blicken zwar gelegentlich mit einem Anflug von Mitleid zu ihr herüber, wenn sie sich durch die Straßen schleppt, doch niemand wagt es, ihr ein gutes Wort zu sagen oder ihr gar zu helfen. Erbarmen ist für sie vielleicht im Himmel zu finden – aber nicht auf der Erde. Sie hat gesündigt, als sie sich dem Ritter hingegeben hat. Für einen Augenblick der Seligkeit muss sie ihre Schuld auf Erden büßen.

Genau am Tag des ersten Advent naht Bärbels Stunde. Geschickt versieht die alte Irmgardis das Amt einer Hebamme. Das Kind, ein Knabe, kommt gesund und kräftig zur Welt. Doch nach altem Volksglauben ziehen an diesem Tage auch Geister und Unholde aus der Heidenzeit durch die Lande. Kinder, die am ersten Advent geboren werden, gelten als vom Teufel gezeichnet.

Und so verweigert der Pfarrer dem Kind der Bärbel Steyer am nächsten Tage die Taufe...

***

Sieben Tage später peitscht der Nachtwind die Wipfel der Bäume und lässt eiskalten, mit Schnee vermischten Regen über das Land niedergehen. Hinter den Fenstern von Homberg bekreuzigen sich die Frauen, als sie die einsame, in grauschwarzes Tuch gehüllte Gestalt mit dem Bündel im Arm die Straße hinauf zur Burg gehen sehen. Jede weiß, dass Bärbel Steyer ihr Kind dem wahren Vater zu Füßen legen wird. Genauso hat es sich aber herumgesprochen, dass die Familie des Plettenbergers bereits mit einem anderen Adelsgeschlecht einen Heiratskontrakt geschlossen hat. Ein abgesprochener Ehebund, der die Besitzungen derer von Plettenberg um ein Vielfaches vergrößert. Dass das adlige Fräulein nicht gerade eine Schönheit und außerdem ein zänkisches Weib ist, weiß man auch zu berichten. Eckbert von Plettenberg, so hat man von den Waffenknechten aus der Burg in der Schänke erfahren, soll vor Wut einen Bierseidel an der Wand seines Gemaches zertrümmert haben, als er von der Entscheidung seiner Familie hörte. Und gerade zwei Stunden, bevor Bärbel Steyer ans Tor der Homberger Burg klopft, ist Wolfhard von Plettenberg, der ältere Bruder, in die Burg eingeritten, um Eckbert dem Willen der Familie gefügig zu machen.

Der Wächter am Burgtor wagt es nicht, die Frau mit dem Kind abzuweisen. Ein Page geleitet Bärbel hinauf in das Gemach der Ritters, das sie bereits kennen gelernt hat. Ritter Eckbert ist im höchsten Grade erregt. Sein Bruder

Wolfhard hat ihm arg zugesetzt und ihm Gundula von Ebersberg in höchsten Tönen gepriesen. Doch Eckbert hat seine eigenen Erkundigungen über die „zänkische Gundula“, wie sie der Volksmund nennt, eingezogen.

Und nun steht da ein Mädchen vor ihm, unschuldig vor dem Himmel und nur vor der Welt mit Schuld beladen. Eine Schuld, die eigentlich die seine ist. Und die eine Buße trägt, die eigentlich ihm zukommen müsste.

„Dein Sohn, Ritter Eckbert!“ Bärbel hält dem Vogt von Homberg das Bündel mit dem Kind entgegen. Sogleich will ihr der Plettenberger das Tuch mit dem leise wimmernden Knaben abnehmen. Doch damit würde er anerkennen, dass er der Vater ist. Wolfhard, sein Bruder, fährt sofort dazwischen. Erkennt Eckbert das Kind an, dann ist die Heirat mit dem Fräulein von Ebersberg unmöglich geworden. Und damit die Möglichkeit für die Plettenberger, ihre Ländereien zu vergrößern.

„Du hast gesagt, dass du mich liebst, Ritter Eckbert!“, ruft das Mädchen verzweifelt, „und ich habe geglaubt, dass es so ist.“

„Man sagt viel, wenn man das Blümchen einer Jungfrau brechen will“, stößt der Ritter mit rauer Stimme hervor. „Es ist so Sitte, dass man von Liebe spricht, wenn man ein Mädchen zum Beilager verführen will.“

„Aber es ist dein Kind..., dein Sohn!“, keucht Bärbel mit totenbleichem Gesicht.

„Das lügst du, Weib, um Geld zu bekommen, damit du deinen Bankert aufziehen kannst“, schnarrt die Stimme Wolfhards dazwischen. „Vielleicht hast du dich meinem Bruder hingegeben – wie so vielen anderen Burschen unten in der Stadt. Nimm dein Kind, pack dich, und suche den Vater deines Kindes dort unten in den Häusern und Katen!“

„Hier, in diesem Raum, hast du mir bei deiner ritterlichen Ehre geschworen, mich zu heiraten“, weint Bärbel, als Wolfhard von Plettenberg nach der Wache ruft und sie mit hartem Griff aus dem Gemach drängen will. Sie sieht, wie es im Gesicht des einstigen Geliebten arbeitet. Gefühle kämpfen einen vergeblichen Kampf mit dem seit Altvätertagen eingepflanzten Standesbewusstsein.

„Ein solcher Schwur... er gilt nur, wenn er einem Ritter, einem Adligen gegeben wurde!“, bricht es aus Eckberts Mund hervor, „ich kann dich nicht heiraten, weil ich ja adligem Blut entsprossen bin. Nur Gleiches und Gleiches gesellt sich gut...“

Da bricht Bärbel Steyer innerlich zusammen. Und die herbeieilenden Wachen müssen sie mehr tragen als führen, als man die gebrochene Frau vor das Burgtor bringt.

Am nächsten Tag schwirren erste Gerüchte durch Homberg, die auch zur Burg hinaufdringen. Eckbert von Plettenberg wird totenbleich, als er hört, welchen grausigen Fund man am Ufer der Efze gemacht hat. Ein fahrender Handwerksbursche, der zufällig des Weges kam, hat die in tiefer Ohnmacht liegende Bärbel Steyer gefunden. Und im Wasser den toten Körper ihres Kindes. „Auf Erden ist es nicht gelitten. Im Himmel ist es besser aufgehoben", soll das Mädchen gesagt haben, als es aus tiefer Ohnmacht erwachte.

Und schon lässt sich der Bürgermeister beim Vogt von Homberg melden, um den Tag des Gerichts anzuberaumen und den Richterspruch einzufordern...

***

Bei der Verhandlung gibt es nicht viele Worte. Freimütig bekennt Bärbel Steyer, ihr Kind getötet zu haben, weil es für das kleine Wesen in dieser Welt keine Bleibe gäbe. Dass sie auf dem Weg von der Burg herab in ihrer Verzweiflung von geistiger Umnachtung umfangen wurde, wird in jenen Tagen nicht zur Kenntnis genommen und kann den Spruch des Gerichts nicht mildern. Die Steyer Bärbel hat ihr Kind getötet. Und Blut fordert Blut.

Eckbert von Plettenberg zittert, als er mit bebender Stimme das Urteil verkünden muss. Ein Urteil, das ihn vom moralischen Standpunkt eher treffen müsste als das Mädchen.

Tod durch das Beil des Henkers.

Allerdings ordnet der Ritter an, dass die Hinrichtung im Burghof und nicht auf dem Marktplatz von Homberg vollzogen wird, wo Bärbel noch einmal dem Hohn und Spott des Volkes ausgesetzt sein wird. Und als er trotz des ärgerlichen Gemurmels der Anwesenden, die sich des Vergnügens einer Hinrichtung beraubt sehen, seine Entscheidung verkündet, sieht er einen Hauch von Dankbarkeit in den Augen des Mädchens...

***

Um den Richtblock, den man in der Mitte des Burghofes aufgestellt hat, wurde Stroh gestreut, um das Blut aufzunehmen. Das scharfe Henkersbeil ist ebenfalls noch unter der Streu verborgen. Vom Fenster seines Zimmers herab sieht Eckbert von Plettenberg, wie zwei Pagen die Bärbel in den Hof führen. Sie trägt ein schneeweißes Gewand, wie eine Braut, die zur Hochzeit schreitet.

Sie weiß nicht, dass es tatsächlich ihre Hochzeit werden wird. Wenn auch nicht in dieser Welt. Denn an dem Balken, der die Decke des Zimmers trägt, hat Eckbert von Plettenberg ein starkes Seil geknüpft. Und die Schlinge liegt um den Hals des schuldbewussten Ritters. In den drei Tagen, die zwischen dem Urteil und der Hinrichtung lagen, hat er viel nachgedacht. Und er weiß, dass er niemals den Blick des Mädchens in jener Nacht der Liebe vergessen wird. Und auch nicht das Gefühl, das ihn zu übermannen drohte, als sie ihm seinen Sohn entgegenhielt.

Könnte er das, was an jenem Abend geschah und gesagt wurde, ungeschehen machen. Warum hat er sich nicht gegen den älteren Bruder durchgesetzt? Warum hat er nicht notfalls sein Wappenschild zerbrochen und ist als Bürger hinab in die Stadt gegangen. Bei der Stadtwache hätte er Lohn und Brot bekommen. Genügend für sich, die Frau und das Kind. Warum hat er den heiligen Eid auf seine Ehre gebrochen.

Gewiss, er könnte weiterleben. Ein gutes Leben, wo es ihm an nichts mangelte. Doch es wäre ein Leben an der Seite einer Frau, die er nicht lieben kann und die unfähig ist, Liebe zu geben. Nun wird er seinen Schwur dennoch einlösen. Hätte er es nur getan, als es noch Zeit war, in dieser Welt mit Bärbel und dem Kind zu leben. Er hat dieses Mädchen geliebt. Nicht nur in jener Nacht, sondern auch immer dann, wenn er sie gesehen hat. Und nur Gott weiß, wie schwer es im geworden ist, jedes Mal in eine andere Richtung zu schauen. Verfluchter Standesdünkel alter Adelsgeschlechter!

Gewiss, nach den Gesetzen der Kirche ist Ritter Eckbert, wenn er sich selbst den Tod gibt, zur Hölle verdammt und wird in ungeweihter Erde ruhen. Doch auch die Bärbel als Mörderin ihres Kindes steht, wie es die Kirche lehrt, außerhalb des göttlichen Erbarmens. Und das Kind ist nicht getauft. So sind sie, wenn es nach der Lehre der Kirche geht, alle drei zur ewigen Verdammnis verflucht. Doch was weiß die Kirche jener Tage von Gottes Barmherzigkeit?

Das Gesinde drückt sich scheu in die Ecken und nur die rauen Waffenknechte bilden ein Spalier um den Block, vor dem der Henker in roter Robe steht und jetzt Bärbel Steyer um Vergebung bittet, dass er sie töten muss.

„Ich vergebe dir, Henker!“ Glockenklar dringt Bärbels Stimme bis hinauf zu dem Fenster, hinter dem sie den Ritter stehen sieht, „und ich vergebe auch dir, Eckbert von Plettenberg!“, ruft sie hinauf, „ich gehe jetzt dorthin, wo unser Kind ist...“ Und der Ritter sieht, wie eine Träne auf ihren Wangen glänzt. Er möchte schreien und die Hinrichtung verbieten. Doch er kann – er darf nicht. Er ist der Vogt – der Gerichtsherr. Blut fordert Blut...

Vom Fenster herab sieht der Ritter, wie sich Bärbel vor den Block kniet und ergeben den Kopf darauf legt. Ein rascher Griff unter das Stroh, dann blitzt das Eisen der Axt in den Strahlen der Morgensonne. Mit weitem Schwung holt der Henker aus und lässt die Schneide auf den zarten Nacken niedersausen. Im gleichen Augenblick lässt sich Eckbert von Plettenberg mit solcher Wucht in die Schlinge fallen, dass der Nackenwirbel bricht.

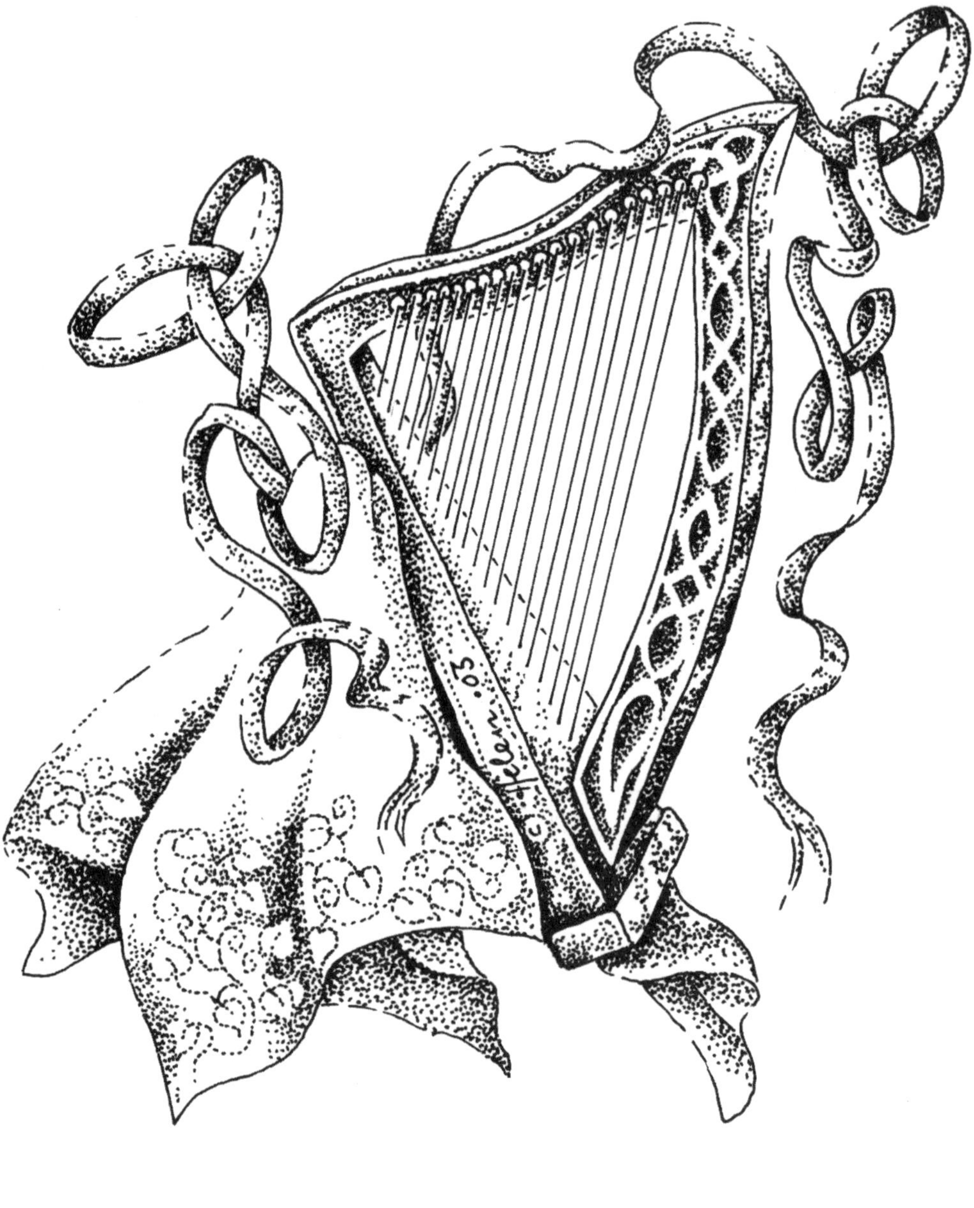

# Auf mein Ritterwort...

„Und wenn die Mauern aus starkem Eisen wären, ich würde sie dennoch einnehmen!“, brüllt der Landgraf zornig zu den Zinnen der Burg von Spangenberg hinauf.

„Bei Gott und allen Heiligen! Und wenn die Mauern aus Butter wären, ich würde sie trotzdem halten!“, kommt es mit höhnischer Stimme von der Höhe herab.

„Du weißt, dass ich der rechtmäßige Herr dieser Burg bin, Einhard von Buttlar!“, ruft Landgraf Heinrich empor.

„Ich habe gehört, dass ihr die Stadt-Spangenberg samt der Burg den Herrn von Treffurt im Jahre des Herrn 1350 für achttausend Mark Silbergeld abgekauft habt, hoher Herr!“ Der Gerüstete auf der Mauer hat den Helm abgenommen und dem neben ihm stehenden Knappen übergeben. „Gekauft wie eine Ware beim Krämer. Aber der, dem sie zu Eigen ist, den hat man nicht gefragt. Und das bin ich. Diese Burg gehört mir. Und die Stadt dazu.“

„Die Herren Hermann und Friedrich von Treffurt haben dich als Vogt über die Stadt und die Burg eingesetzt“, gibt der Landgraf zurück, „und weil ihr Besitzrecht durch den Verkauf endete, so endet auch dein Amt. Als Ministeriale hast du kein Anrecht auf den Besitz dessen, das man dir anvertraut hat.“

„Kein Anrecht?“, röhrt der von Buttlar und seine Stimme ist trotz der Entfernung durch den Burggraben und die Höhe der Mauer gut zu verstehen. „Das hier“, er reißt das Schwert aus der Scheide und schwingt es über den Kopf. Durch das Licht der grellen Mittagssonne scheinen Blitze aus der Klinge zu schießen, „das hier ist mein Anrecht. Ich schreibe mir die Besitzurkunde für Burg und Stadt mit der Spitze meines Schwertes.“

„Stolze Worte eines stolzen Mannes!“ Der Landgraf hat die Hände in die Seiten gestemmt. „Aber das ändert nichts an meinen verbrieften Rechten. Wir leben nicht mehr in der Heidenzeit, wo ein Mann seinen Besitz nicht für Geld kaufte, sondern mit Eisen gewann.“

„Bedauerlich, dass diese schönen Tage vorbei sind“, höhnt es von der Mauer herab, „heute werden Tinte und Pergament über markige Manneskraft gestellt.“

„Geh nach Prag an den Hof des Kaisers, wenn es dich nach Kämpfen und Ruhm gelüstet. Wie zu hören ist, hat Karl von Luxemburg dort allerhand Fehden, um seine Krone zu festigen. In meinem Hessenlande will ich dich jedenfalls nicht mehr sehen.“ Die Worte des Landgrafen klirren wie eine Eisenkette. „Ich gebe dir einen Tag und eine Nacht Zeit, dein Eigentum zusammenzuraffen und fortzuziehen. Bist du morgen, wenn zu Mittag das Geläut der Kirchenglocken herüberklingt, noch in der Burg, dann werden die Waffen sprechen. Und wenn die Burg gebrochen ist, lasse ich dir, Einhard von Buttlar, dann als Rebell gegen seinen Landgrafen, das Haupt vor die Füße legen ...!“

***

„Am einfachsten und vor allem am billigsten wäre die Sache zu lösen, ihr würdet dem Ritter von Buttlar das Amt des Vogtes von Spangenberg bestätigen, mein Herrscher“, erklärt Ludwig von Boyneburg, der Kanzler des Landgrafen, nach einigem Nachdenken. Heinrich, den sie den „Eisernen“ nennen und der sich als Kriegsherr im Hessenland diesen Namen auch redlich verdiente, hat sich mit ihm und den beiden Bürgermeistern von Spangenberg in sein Zelt zurückgezogen, weil die Mittagssonne gar zu arg auf den Harnisch brennt. Rasch herbeieilende Knappen schnallen den Gepanzerten die Teile der Rüstung ab. Auch die unbequemen Kettenhemden werden ausgezogen, indem man die Lederriemen auf dem Rücken öffnet und sie nach vorn über die Arme vom Körper zieht. Aus den kühlen Kellern unter dem Rathaus haben die Bürgermeister einige Flaschen goldgelben Wein vom fernen Rheinstrom mitgebracht. Auf einen Wink des Landgrafen wird der edle Tropfen jedoch mit Wasser gemischt. Es ist noch hoch am Tag und nicht die Stunde, einen echten Trunk zu tun. Der Lärm von draußen zeigt an, dass rings um die Burg überall Zelte aufgeschlagen und Verschanzungen aus Holz und Gestrüpp errichtet werden. Wenn Einhard von Buttlar nicht freiwillig geht, wird man sich auf eine lange und harte Belagerung einrichten müssen.

„Natürlich wäre es einfach, das Amt des Vogtes nur zu bestätigen und alles beim Alten zu lassen“, gibt Heinrich Elbirstorf, der erste Bürgermeister von Spangenberg, zu bedenken, „doch flehen wir, Rat und Bürger eurer untertänigen Stadt Spangenberg, dieses nicht zu tun. Und die braven Bauern in der Umgebung würden sich diesem Flehen anschließen, wenn ihre Vertreter es wagen dürften, vor eurem Antlitz zu erscheinen.“

„Es ist uns bekannt, dass die Herrn von Treffurt niemals mehr als die üblichen Abgaben gefordert haben.“ Der Landgraf zieht die dichten Brauen hoch. „Und ich versichere euch, ihr werdet mir nicht weniger zu zahlen haben.“

„Wir murren nicht um den Zehnten und die anderen Abgaben, die dem Grundherren nach altem Recht zustehen“, lässt sich Heinrich Heynerod, der zweite Bürgermeister, vernehmen. „Sagte doch der Herr Jesus schon, dass man dem Kaiser geben soll, was des Kaisers ist. Doch Herr Einhard nahm mehr als das Doppelte, wenn er mit seinen Gewaffneten kam, um die Abgaben einzuziehen. Wer in der Stadt nicht zahlen wollte oder konnte, wurde von seinen Mannen so arg gestäubt, dass er sich tagelang nicht vom Siechenlager erhoben konnte. Und bei den Bauern auf dem Lande hat er es noch viel ärger getrieben. Er holte die letzte Ziege aus dem Stall, aus dem er bereits die letzte Kuh getrieben hatte. Wer dann nichts mehr zahlen konnte, auf dessen Dach tanzte der Rote Hahn."

„Deshalb ist die Landwirtschaft rings um unsere Stadt verödet, hoher Herr", setzt Heinrich Elbirstorf hinzu. „Die Bauern flohen in die Wälder, um nicht von den Waffenknechten des Buttlarers erschlagen zu werden. Der Stadtrat musste das Korn, um die Bevölkerung zu ernähren, von weit her einkaufen. Das so aus der Stadt fließende Geld ist natürlich für die Handwerker verloren und es konnte nichts produziert werden, weil das Geld fehlte, die Rohstoffe für die Arbeiten zu kaufen. Deshalb blieb ein großer Teil der letztjährigen Abgaben aus und musste gestundet werden, weil auch die schärfste Hausdurchsuchung des Buttlarers nichts mehr hervorbrachte, was man zu Geld machen konnte. Vermutlich deshalb haben Hermann und Friedrich von Treffurt euch Burg und Stadt so billig verkauft. Wenn eine Kuh keine Milch mehr gibt, dann schlachtet man sie."

„Warum habt ihr nicht Klage bei den Herrn von Treffurt über den ungerechten Vogt geführt?", fragt der Landgraf mit strenger Miene.

„Herr, die Treffurter hausen jetzt auf der Burg von Frankenberg im Waldeckschen und sind weitab von ihrem hiesigen Besitz", gibt der erste Bürgermeister zurück, „und selbst, wenn sie versucht hätten, einzuschreiten – was hätte es genützt? Wenn es Einhard von Buttlar wagt, sich dem mächtigen Landgrafen zu sperren, um wie viel weniger hätten ihm Hermann und Friedrich von Treffurt Einhalt gebieten können. Sie hatten weder die Kriegsleute noch das Geld, ihn zu zwingen. Die Bestallungsurkunde des Vogtes ist ein Stück Papier, das nur Macht hat, wenn Schwerter dahinter stehen. Wie Ihr aber wisst, ist das Geschlecht derer von Treffurt durch Streitigkeiten und Fehden verarmt. Von dort war keine Hilfe zu erwarten. Deshalb haben wir in der Stadt Gott gedankt, als uns Kunde kam, dass Spangenberg nun zur Landgrafschaft Hessen gehört."

„Dennoch wäre das Geld, das uns dieser Feldzug kostet, besser beim Ausbau Eurer Residenz in Kassel angelegt", mischt sich der Kanzler ein, der trotz des köstlichen Weins auf dem Tisch nur Wasser trinkt. „Was schert es den Landgrafen von Hessen, ob der Bauer sein Auskommen hat oder der Städter zufrieden ist? Ein Herrscher von Gottes Gnaden muss über das Volk erhaben sein und die Dinge von oben herab sehen."

„Von Gottes Gnaden. Ja, das habt Ihr zu Recht gesagt, Herr von Boyneburg! Von Gottes Gnaden!", grollt Heinrich der Eiserne. „Gott hat mich in seiner Gnade über dieses Volk der Hessen gesetzt. Doch nicht als hartherzigen Tyrannen, sondern als guten Hirten. Woher käme denn das Korn für unser Brot, wenn nicht von der schweren Arbeit des Landmannes? Wenn der Bauer nicht ackert, muss der Ritter verhungern. Wer schlägt unseren Pferden die Eisen, schafft unsere Waffen und bildet all die Dinge, deren wir auf der Burg bedürfen, wenn nicht die fleißigen Handwerker in einer Stadt. Und endlich, wer schafft die Dinge herbei, die es bei uns zu Lande nicht gibt, die wir jedoch benötigen, wenn nicht tüchtige Kaufleute auf die weiten Reisen gehen. All diese braven Leute, denen das Tragen und Nutzen von Waffen verboten ist, gilt es zu schützen, auf dass Handel und Wandel gedeihen und die Felder der Bauern reiche Frucht tragen. Den Vögten und Rittern sind Städte, Dörfer und Ländereien von mir, dem Landgrafen, nur zu Lehen gegeben – sie sind also nur geliehen und nicht als Eigentum verschenkt. Und wenn einer von ihnen das Volk bedrängt und ausplündert, um sich selbst reich zu machen oder wenn er an seinem Landesherrn zum Verräter wird, dann wird ihm das, was ihm geliehen wurde, eben wieder abgenommen."

„Es wird viel Geld und noch mehr Blut kosten, dieses Felsennest zu nehmen", wirft Ludwig von Boyneburg ein, während der Landgraf sich nach der langen Rede die Kehle mit einem gewaltigen Trunk spült.

„Ich muss die Burg haben", knirscht der Landgraf. „Wenn ich Einhard von Buttlar straflos lasse oder gar im Amt bestätige, werden es ihm viele Ministerialen, die in Hessen Burgen, Städte und Ländereien verwalten, nachtun. Jeder denkt doch nur an sich und wie er samt seiner Familie reich werden kann.

„Vergleicht die Bauern und Bürger, über die ich gebiete, mal mit einem Gespann, Herr von Boyneburg. Damit die Pferde einen Wagen ordentlich ziehen können, muss man sie erst einmal gut füttern und pflegen. Spart man am Futter und lässt man sie von Zeit zu Zeit nicht zur Erholung auf die Weide, werden die Klepper irgendwann in der Deichsel zusammenbrechen. Und wie mit Pferden, so ist es auch mit den Bauern und Bürgern. Wenn sie nicht satt zu essen haben und zufrieden sind, arbeiten sie schlecht oder gar nicht."

„Herr, wir waren eine aufblühende Stadt, bevor der von Buttlar in sein Amt kam", ruft Heinrich von Elbirstorf, „nun geh einmal durch die Straßen und Gassen und sieh dir die Armut an."

„Und bei Sankt Jürg, Spangenberg soll wieder ein Juwel meiner Landgrafschaft werden!", zürnt der Landgraf. „Ist Einhard von Buttlar morgen beim Mittagsläuten noch nicht aus der Burg, werde ich den Sturm befehlen und... tretet ein, Herr von Padberg und nehmt einen Trunk Wein", fordert er den Gerüsteten auf, der eben im Eingang des Zeltes erschienen ist, um zu melden, dass die Burg jetzt vollständig eingeschlossen ist. Philipp von Padberg ist ein alter Haudegen, der bereits die Vierzig überschritten hat. Im Dienste des Landgrafen hat er manches Heldenstück vollbracht.

„Wird viel Mühe machen, dieses verwünschte Felsennest", brummt der Padberger, nachdem er seinem Herrn alles Notwendige gesagt hat, „bei dem breiten Graben ist auch mit den Steinschleudern nicht viel auszurichten. Und der Graben verhindert es auch, die Mauern zu untergraben und so zum Einsturz zu bringen. Wir werden abseits Brücken über den Graben anfertigen müssen, um überhaupt an die Mauern heranzukommen, damit Sturmleitern angelegt werden können. Und von oben herab schießen sie uns mit Bogen und Armbrust ab wie die Hasen."

„Hinzu kommt, dass mehr als dreißig Bürger von Spangenberg, teilweise ganze Familien, in den Verliesen schmachten, weil sie die letzten Abgaben nicht zahlen konnten", gibt Heinrich Heynerod, der zweite Bürgermeister, zu bedenken, „Einhard von Buttlar wird uns ihre Köpfe von den Mauern herabwerfen, sobald der Angriff beginnt. Er hat Eure Worte gehört, hoher Herr, und nichts zu verlieren. Er weiß, dass es ihn den Kopf kostet, wenn er sich nicht unterwirft und die Burg verlässt. Tötet er unsere Mitbürger, hat er weniger Esser auf der Burg."

„Es werden viele Menschen sterben müssen, bis diese Festung im Sturm fällt." Die Stimme des Landgrafen klingt düster.

„Vielleicht", sagt Philipp von Padberg und streicht sich den Bart, „wird aber auch nur ein Einzelner sterben müssen..."

***

Mehr als vierzehn Tage sind seit diesem Tag vergangen. Ständig hat sich das Heer des Landgrafen vergrößert. Aus allen Teilen des Landes eilen die ihrem Herrn zum Waffendienst verpflichteten Ritter mit ihrem Gefolge herbei. Rings um die Burg herum erhebt sich außerhalb der Reichweite von Pfeilen und Armbrustbolzen bald eine kleine Stadt aus Zelten. Durch Herolde hat der Landgraf auch die Landbevölkerung aufgeboten. Die Bauern der Umgebung sind aus ihren Waldverstecken herausgekrochen und haben sich unter dem Banner des Landgrafen mit dem steigenden Löwen versammelt, als sie hörten, dass es Einhard von Buttlar nun an den Kragen gehen soll. Es hat sich herumgesprochen, dass man auf Befehl des Landgrafen auf dem Marktplatz von Spangenberg einen Richtblock aufgestellt und eine Henkersaxt daran gelehnt hat. Niemand zweifelt daran, dass es dem Landgrafen mit der Ausführung seines Wortes bitterer Ernst ist.

Doch noch spaziert Einhard von Buttlar jeden Tag in voller Rüstung über die Wehrgänge und lacht auf die Belagerer herab. Auch, wenn das Heer des Landgrafen täglich größer wird. Mögen sie seine Mauern in der Breite überflügeln – in der Höhe werden sie es gewiss nicht. Ohne Flügel kommen sie weder über den tiefen Graben noch über die Mauer. Einhard von Buttlar kann also getrost warten, bis man aus der näheren und weiteren Umgebung für das Heer der Belagerer nichts mehr zu Essen heranschaffen kann. Dann wird der Landgraf ganz von selbst abziehen müssen.

Der erwartete Angriff ist bis jetzt ausgeblieben. Deshalb sind die Menschen in den Verliesen weiter gefüttert worden. Wenn es wirklich hart auf hart geht, können sie vielleicht einmal ein Faustpfand für das eigene Leben werden.

Natürlich wachen die Belagerer mit Argusaugen darüber, dass niemand mehr aus der Burg herauskommt. Einzelne Trupps von Gewaffneten wagen sich gelegentlich bis an den Rand des Grabens, ziehen sich aber zurück, wenn von oben her Pfeile fliegen. Und die Schleudersteine der großen Ballisten, die man auf Befehl des Landgrafen heranschaffen ließ, zerplatzten an der gewaltigen Ringmauer der Burg, ohne Schaden anzurichten. Durch den Graben ist die Entfernung für schwere Steinlasten zu weit. Und das kleinere, faustgroße Gestein, das gelegentlich in den Burghof prasselt, richtet nicht viel Schaden an. Die Mauerwachen erkennen frühzeitig den Anflug von Splittersteinen und ihre Schreie warnen die Menschen im Burghof, dass sie rechtzeitig Schutz suchen.

Schlimmer sind da schon die Brandgeschosse. Doch der Regen der vergangenen Tage hat die Schindeln auf den Dächern so durchnässt, dass sie nur schwer Feuer fangen und rasch zu löschen sind. Ärgerlich war jedoch die Ladung einer Schleuder, in deren Kelle ein großer Teil der Ländgräflichen ihre Notdurft verrichtet hatten.

Doch sei es, wie es sei. Bis jetzt hat noch keine der Seiten einen Toten zu beklagen. Und Einhard von Buttlar rechnet fest damit, dass der Landgraf noch vor Ablauf des nächsten Mondes die Belagerung aufgeben muss, weil ihm seine Ritter nur für die Zeit von vierzig Tagen im Jahr zum Kriegsdienst verpflichtet sind und er genau weiß, dass die Mehrzahl unter ihnen in diesem Jahr bereits einen Teil ihrer Dienstpflicht abgeleistet hat. Kaum einer von ihnen wird aus Liebe und Treue zum Landgrafen länger bleiben. Man hat auf den eigenen Ländereien schließlich genug zu tun.

Je mehr Zeit verstreicht, umso sicherer ist sich Einhard von Buttlar, dass der Landgraf unverrichteter Dinge abziehen wird. Vielleicht wird ihm der hohe Herr sogar, um das Gesicht nicht zu verlieren, für seine Tapferkeit offiziell das Lehen über Spangenberg bestätigen...

Zwei Tage nach Vollmond zerreißt ein lautes Hornsignal vor dem Burgtor die Morgenstille und lässt die Vögel verstummen. Von der Mauer herab sehen die Waffenknechte einen Gerüsteten hoch zu Pferde. Seine gepanzerte Rechte schwenkt ein weißes Tuch. Einhard von Buttlar, durch den Klang des Horns aus dem Schlaf gerissen, erkennt von Fenster seines Gemaches herab auf dem Schild des Reiters das Wappen derer von Padberg.

Sieh an, da steht also einer der Vertrauten des Landgrafen vor dem Tor. Und er schwenkt das weiße Tuch der Unterhandlungen. Von anderen Kriegsmannen des Landgrafen ist weit und breit nichts zu sehen. Dennoch muss man vorsichtig sein.

Zwanzig Mann mit Bogen und Armbrüsten verteilen sich über der Tormauer. Und zehn Waffenknechte mit langen Hellebarden stehen bereit, einem unerwarteten Sturmangriff zu begegnen, sollten Bewaffnete versuchen, aus den umliegenden Gebüschen heraus die jetzt herabgelassene Zugbrücke zu stürmen, über die Philipp von Padberg eben in die Burg reitet. Das Schwert, das er dem Burgherrn, bevor er absteigt, übergeben will, gibt dieser ihm mit einer Geste ritterlichen Edelmutes zurück. Der Padberger ist als Ehrenmann bekannt. Er wird seine Waffe in dieser Situation nicht gegen den Burgherrn richten.

Einhard von Buttlar führt den Abgesandten des Landgrafen in den Rittersaal und brüllt nach seiner Kleidung, die ihm sofort von einem Pagen gebracht wird. Während er in die Hose schlüpft und das Wams überstreift lauscht er gespannt den Worten, die ihm Philipp von Padberg im Auftrag seines Herrn zu sagen hat.

„...und um jetzt sein Gesicht zu wahren, muss der Landgraf fordern, dass ihr persönlich vor ihn tretet und sich seiner Gnade unterwerft“, beendet der Padberger seine Rede. „Eisen-Heini“, ein dünnes Grinsen geht über das Gesicht des rauen Kriegsmannes, als er den Spitznamen von Heinrich dem Eisernen ausspricht, „wird euch zwar das Amt des Vogtes von Spangenberg nehmen – doch nur, um euren Adel zu erhöhen und euch, wenn er in die Residenz nach Kassel zurückgekehrt ist, zum Grafen von Twerne zu erheben. Dann wohnt ihr in unmittelbarer Nähe seiner Residenz und werdet sein trefflichster Ritter sein.“

„Einhard von Buttlar, Graf zu Twerne!“, murmelt der Ritter gedankenverloren vor sich hin. Eine Erhebung in den Grafenstand, das ist mehr, als er jemals erwarten konnte.

„Greift zu, Herr Ritter“, lockt der Padberger. „Vor euren Füßen liegt eine Grafenkrone. Ihr braucht euch nur zu bücken, um sie aufzuheben.“

„Wenn eure Worte wahr wären...“ Der Buttlarer ist misstrauisch.

„Ich schwöre euch bei meiner Seele, dass meine Worte wahr sind", spricht Philipp von Padberg mit feierlichem Ernst.

„Aber welche Garantie habe ich, dass der Landgraf nicht auf eine Heimtücke sinnt, um mich aus der Burg hinüber in die Stadt zu locken?" Einhard von Buttlar ist jetzt vollständig angezogen und will eben Befehl geben, aus der Küche ein Frühstück heranzuschaffen. „Ich weiß wohl, dass der Landgraf, dem das Zelt zu unbequem ist, im Rathaus von Spangenberg Wohnung genommen hat. Innerhalb der Mauern dieser Stadt aber bin ich ihm auf Gnade und Ungnade ausgeliefert."

„Ihr kennt mich, Ritter Einhard, und wisst, dass meine Lippen ehr ewig verstummen sollen, als eine Lüge reden", spricht der Bote des Landgrafen, sorgsam die Worte wählend. „Folgt mir jetzt sofort und ich gebe euch mein Ritterwort, dass ich euch unbeschadet aus der Burg hinaus und lebendig und unbeschadet zurück in ihre Mauern geleiten werde!"

„Euer Ritterwort!" Einhard von Buttlar hält dem Padberger die rechte Hand hin.

„Mein Ritterwort!", stößt Philipp von Padberg mit fester Stimme hervor und schlägt ein, „und nun zu Pferd. Ihr braucht nicht satteln zu lassen. Einer meiner Knechte vor der Burg hält ein Ross für euch bereit." Und er zieht den Ritter am Arm aus dem Saal, während die Knechte jetzt gerade Bretter hereintragen, auf denen kaltes Wildbret und Würste liegen. Dazu der Duft von frisch gebackenem Brot und der strenge Geruch von würzigem Käse.

Doch der Padberger lässt sich nicht beirren und zieht den Ritter mit sich...

***

„He, Kerl! Was ist das für eine Flasche, die du da unter dem Mantel zu verbergen suchst!", herrscht Philipp von Padberg den Knecht an, der ein zweites Ross für Einhard von Buttlar heranführt, „Her damit!" Und bevor der Knecht flüchten kann, hat ihn die gepanzerte Rechte des Ritters am Kragen gepackt, herumgewirbelt und ihm die Flasche entrissen. Ein kurzer, knallender Fußtritt ins Gesäß, dann lässt Philipp von Padberg den Knecht laufen.

„Sieh an", stellt er mit Kennermiene fest, nachdem er die Flasche begutachtet hat. „Dieser Spitzbube ist heimlich in den Ratskeller der wohllöblichen Stadtväter eingestiegen und hat eine Flasche von dem Wein gestohlen, den man nur dem Landgrafen selbst kredenzt. Nun, mein Freund, was haltet ihr von einem stärkenden Trunk, bevor ihr vor das Angesicht des Landgrafen tretet. Und auch das Frühstück, das da aufgetragen wurde, möchte uns jetzt wohl bekommen."

„Ihr habt Recht", nickt der Vogt, „In meinen Eingeweiden wühlt der Hunger und die durstige Zunge klebt am Gaumen. Ich denke, der Landgraf wird nicht böse sein, wenn er eine kurze Weile länger auf uns warten muss."

„Das also, mein lieber Freund, mein ich doch auch...", lacht Philipp von Padberg. Und sie gehen Arm in Arm über die Zugbrücke zurück durch das Burgtor...

***

Der genossene Wein hat dafür gesorgt, dass Einhard von Buttlar bester Stimmung ist, als er an der Seite des Padbergers durch das Untertor im Westen in Spangenberg einreitet. Vom Turm der kleinen Kirche des Karmeliterklosters zu ihrer Rechten wimmert eine Glocke. Der Ritter ahnt nicht, dass sie das Armesünderglöcklein ist, das man nur dann läutet, wenn der Henker einen Verurteilten zur letzten Reise in die Ewigkeit bereitmacht.

Die Stimmung der Bürger ist dem Herrn von Buttlar gegenüber mehr als feindlich. Blicke, die geworfenen Steinen oder geschleuderten Dolchen gleichen, sehen aus der Menge zu ihm herauf und aus den geöffneten Fenstern der Fachwerkhäuser auf ihn herunter. Tut nichts zur Sache. Mögen sie ihn hassen, wenn sie ihn nur fürchten. Was kümmert ihn, Einhard von Buttlar, der Zorn und die Wut des Pöbels. Bald wird er Graf von Twerne sein und über die Wut des niederen Volkes lachen. Zumal Philipp von Padberg in jeder Situation einen rauen Scherz auf den Lippen hat.

Doch das Lachen über diese Scherze gefriert Einhard von Buttlar auf den Lippen, als sie am Marktplatz und am Rathaus vorbei den großen, freien Platz zwischen der Kirche von Sankt Johannes und dem Rathaus erreichen.

Auf einem thronartigen Sessel unter einem Baldachin, der an der rückwärtigen Mauer des Rathauses angelehnt ist, empfängt der Landgraf seinen Gegner. Doch nicht so sehr die imponierende Gestalt des Landesherrn ist es, die den Blick des Ritters auf sich zieht. Es ist der Richtblock in der Mitte des Platzes, neben dem eine Axt mit einem übergroßen Blatt lehnt. Und der Mann mit der roten, bis zu den Füßen herabwallenden Robe und der Maske über dem Gesicht spricht seine eigene Sprache.

„Ha, Verrat!", kreischt Einhard von Buttlar, als sich aus dem Volk heraus Hellebarden auf ihn zuschieben und Bewaffnete, die sich vorher hinter den Bürgern versteckt haben, sichtbar werden.

„Verrat?" Philipp von Padberg zieht in gut gespielter Verwunderung die Augenbraue empor, während der Ritter trotz heftiger Gegenwehr von kräftigen Fäusten aus dem Sattel gezerrt wird.

„Du hast mir dein Ritterwort verpfändet, dass du mich wieder heil in die Burg geleiten wirst!", heult der Buttlarer, während ihm die Hände auf den Rücken gefesselt werden und der Henker hinzutritt, um ihm die langen Haare so zu kürzen, dass der Nacken frei bleibt und die Axt den Nacken glatt durchtrennen kann.

„Nun denn, das habe ich auch getan." Der Padberger hat sich aus dem Sattel geschwungen und das Pferd einem seiner Diener übergeben. „Wir waren bereits außerhalb der Burg, als ich den Knecht mit dem Wein erwischte. Ich gebe zu, es war eine jämmerliche Komödie, die da gespielt wurde. Aber nur so konnte ich mein Ritterwort halten und dich heil in die Burg zurückbringen. Dein Fehler, dass du ein zweites Mal mit mir die Burg verlassen hast, wo mich nicht mehr mein Ritterwort, wohl aber mein Treueschwur gegenüber dem Landgrafen bindet."

„Denk nicht mehr an das, was in dieser Welt war, sondern an das Heil deiner armen Seele, mein Sohn!", mischt sich ein Mönch in die Rede, der den beiden Rittern vom Kloster her gefolgt ist. Er hat vernommen, dass der Landgraf dem ehemaligen Vogt von Burg und Stadt Spangenberg keine Gerichtsverhandlung zubilligt. Denn was er getan hat, war offene Rebellion gegen den Landesherrn. Und deshalb ist die Hinrichtung sofort und auf der Stelle zu vollziehen. Einhard von Buttlar wird keine Zeit mehr gegeben, sich auf den Tod vorzubereiten. Doch der Mönch will versuchen, in diesen letzten Augenblicken die stolze Seele noch bußfertig zu machen, damit sie trotz aller Missetaten durch die Gnade Gottes der Hölle entrissen sei.

Einhard von Buttlar hat jedoch nie viel von Gebeten gehalten und weist den frommen Mann mit eisigen Worten zurück. Jetzt nur keine Gebete und salbungsvollen Worte, die ihn vielleicht innerlich schwach machen könnten. Er will hier und jetzt dem Pöbel wie dem Landgrafen zeigen, wie ein Ritter zu sterben versteht.

„Wir sehen uns in der Hölle, Philipp von Padberg!", ruft Einhard dem Ritter zu, der links neben dem Landgrafen Aufstellung genommen hat.

„Ich denke aber doch, dass mich Sankt Peter ins Himmelreich eingehen lässt, weil mein Gewissen so rein und weiß wie Schnee ist", gibt der Padberger mit feinem Lächeln zurück.

„Dann vergiss nicht die Worte, mit der du deine Seele verpfändet hast, elender Verräter!", schreit Einhard von Buttlar, während ihn zwei Henkersknechte vor den Block in die Knie zwingen und so herabdrücken, dass der Kopf auf dem Block zu liegen kommt.

„Keine Angst. Ich sorge schon dafür, dass mein treuer Gefolgsmann, der dein Amt auf der Burg übernehmen wird, gemeinsam mit mir im Himmel dem Chor der Seligen zugerechnet wird", lacht der Landgraf, greift in seinen Mantel und wirft einen kreisrunden Gegenstand auf den Platz. Einhard von

Buttlar erkennt einen dünnen, goldnen Reif, der durch die Luft sirrte und direkt vor dem Richtblock auf das Pflaster klirrt.

„Eine Krone... eine Grafenkrone... das Wort dieses Verräters ist damit gelöst...“, stöhnt es von den Lippen des Ritters.

Die Krone eines Grafen liegt vor ihm – aber er kann sie nicht aufheben. Denn im gleichen Augenblick fällt die Axt...

©·Helen·03

# Die heimliche Acht

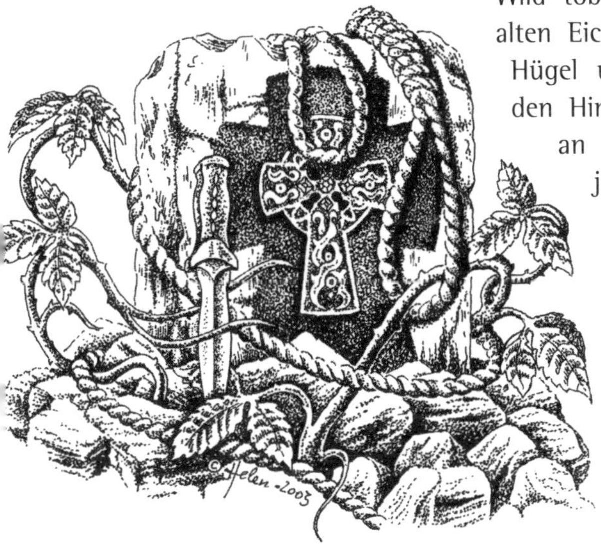


Wild tobt der Herbstwind im Geäst der alten Eiche, die einsam auf dem kahlen Hügel unweit des Dorfes Ellenberg in den Himmel ragt. Aufbrausend zerrt er an den braungelben Blättern, die jetzt, im ersterbenden Sommer, das satte Grün verlieren und die fahlen Farben des Wintertodes annehmen. Und das Brausen des Windes weht auch den Glockenschlag der Kirche von Ellenberg herbei. Zwölf Schläge. Mitternacht. Die Zeit, in der die Lebenden schlafen sollen, weil innerhalb dieser Stunde die Toten wandeln dürfen.

Doch die Mitte der Nacht ist auch die Zeit der heimlichen Gerichte, die jeder, ob arm oder reich, ob hoch und mächtig oder niederen Standes, fürchtet. Silberbleich tritt der Mond eben aus dem Gewölk, um das Land mit seinem fahlen Licht zu übergießen, als eine kräftige Stimme das Heulen des Windes übertönt.

„Ritter Johann von Wartenberg! Ich rufe dich zum anderen Male in die heimliche Acht!“, klingt es laut und vernehmlich durch die Nacht und der Wind trägt die Stimme weiter. Doch weder ein Geräusch noch eine Bewegung in der Dunkelheit zeigt an, dass der Gerufene in der Nähe ist. Kaum einer der Versammelten hat angenommen, dass sich der Ritter dem heimlichen Gericht stellen wird. Dennoch gilt es, die althergebrachten Sitten aus den Tagen der Väter und Vorväter zu wahren. Dreimal muss der Ruf folgen.

Angestrengt lauscht der Rufer in die Nacht, ob er nicht vielleicht in der Ferne Hufschlag vernehmen kann. Doch es bleibt still. Nur das verschlafene Krächzen einer Krähe aus dem oberen Geäst des Baumes ist zu vernehmen.

„Die Ladung zum heimlichen Gericht erreichte ihn nach altem Brauch vor sechs Wochen und drei Tagen.“ Einer der sieben Freischöffen, der als Fronbote dem Angeklagten die Ladung überbracht hat, legt die drei Finger der Schwurhand auf die Messerklinge, die ihm der Freigraf und Vorsitzende des heimlichen Gerichts entgegenhält. „Die Ladung fand vor den Toren des oberen

Schlosses von Gudensberg statt, wo Herr Johann im Waffendienst des Grafen steht", setzt der Fronbote hinzu. Dann tritt er auf einen Wink des Freigrafen zurück in die Reihen der Schöffen. Die Männer der Heimlichen Acht tragen lange, grauschwarze Mäntel und durch tief ins Gesicht gezogene Kapuzen sind ihre Gesichtszüge in der Dunkelheit fast unkenntlich. Nur weiße Konturen der Gesichter mit unheimlich glitzernden Augen sind zu erkennen. Sie gleichen eher den Schatten der Abgeschiedenen, die um diese Stunde wandeln.

Noch einmal ertönt die Stimme des Freigrafen in die Nacht. Zum dritten Mal ruft er den Beklagten vor den heimlichen Richterstuhl. Angestrengt lauschen die Männer in die Nacht. Doch es ist kein Hufschlag zu vernehmen, der anzeigt, dass der Ritter sich zwar verspätet hat, sich aber dennoch dem Gericht stellen wird.

„Da der Beklagte trotz Ladung und dreimalig ergangenem Ruf nicht erschienen ist, um sich zu verteidigen, mag die Verhandlung beginnen." Philipp Kampus, der sonst in Guxhagen das Amt des Bürgermeisters wahrnimmt, leitet die Sitzung dieses heimlichen Femegerichts als Freigraf. „Wenn niemand vortritt, um für Johann von Wartenberg zu reden, ist, das Fehlen des Beklagten als Anerkennung seiner Schuld zu betrachten!"

Jeder in der Runde weiß, was diese Worte bedeuten. Wer nicht auf die Anklage antworten will, der gibt nach altem Brauch seine Schuld zu. Und bei diesem heimlichen Volksgericht lautet das Urteil nur auf Freispruch oder Tod. Vor den Richtern im Verborgenen, die im Schutz der Nacht Gerechtigkeit üben, wo von der Gerichtsbarkeit des Adels kein Recht nicht mehr gewährt wird, zählt es nicht, ob der Beklagte ein Ritter oder ein einfacher Bauer ist. Da der Angeklagte nicht erschienen ist, hat er sich selbst das Todesurteil bereits gesprochen. Dennoch will es das ungeschriebene Gesetz des heimlichen Gerichts, dass eine Verhandlung geführt werde, als ob der Beklagte anwesend sei. Nur kann er weder für sich selbst sprechen noch wird es aus diesem Kreis jemand für ihn tun.

Während Philipp Kampus würdevoll auf einer kurzen Bank Platz nimmt, ziehen sich die ihn im Halbkreis umgebenden Freischöffen mitgebrachte Schemel herbei, um darauf Platz zu nehmen. Diese sieben Schöffen sind es, die als Geschworene nach ergangener Verhandlung in geheimer Abstimmung über Schuld oder Unschuld abwägen müssen. Die Mehrheit der Stimmen bringt die Entscheidung über Leben und Tod des Angeklagten. Der Freigraf selbst hat kein Stimmrecht. Sein Amt ist es, als Richter die Verhandlung zu leiten und das Urteil zu verkünden...

Vor der Bank des Freigrafen steht ein einfacher, roh gezimmerter Tisch, auf dem auf einem weißen Leinentuch ein Schwert, ein Dolch und eine

Galgenschlinge liegen. Die Zeichen der Halsgerichtsbarkeit. Für den schuldig Gesprochenen bedeutet das Tod durch Erhängen oder durch das Messer. Hat sich der Angeklagte dem Femegericht gestellt und wird er verurteilt, dann wird der Gerichtsbaum sofort zum Galgen. Und das Messer, das neben dem Gehängten in die Borke des Baumes gestoßen wird, zeigt jedem an, dass diese Hinrichtung nach einem Urteil der heimlichen Feme erfolgt ist.

Die Feme-Gerichte begründen sich aus grauer Vorzeit. In der Zeit der Germanen war das Thing, die Versammlung aller freien, waffenfähigen Männer, gleichzeitig auch das Gericht, dem alle Streitfälle vorgetragen wurden. Eine Art „ordentliche Gerichtsbarkeit" gab es erst seit den Tagen Karls des Großen. Die Grafen, die der Frankenherrscher durch sein gewaltiges Reich schickte, waren nichts anderes als Richter, die an Stelle des Königs und Kaisers Recht sprechen sollten. Sie kamen ohne Ankündigung und waren selbst gegen ihre adligen Standesgenossen absolut unparteiisch und unbestechlich. Vor diesen Königsgrafen konnte jeder freie Mann, sei er von hoher oder niederer Stellung, erscheinen und seine Klage vorbringen. Auch, wenn dadurch ein Mann von hohem Adel belastet wurde. Und der Spruch der Grafen war so, als ob der Herrscher selbst gesprochen hätte.

Doch die Zeiten Karls des Großen sind lange vorbei. Die Richter in den Städten und an den Höfen der Landesherrn legen das Recht stets nach eigenem Ermessen und Willkür aus. Ihre Rechtsbücher, die sie von ihren Studien an der Universität von Bologna oder der Sorbonne in Paris mitgebracht haben, sind in lateinischer Schrift gefasst, die nur Gelehrte lesen und ihren Sinn verstehen können. Denn die Grundlage dieser Gesetze sind die Pandekten, die der Kaiser Justinian von Byzanz vor mehr als sechshundert Jahren aus dem alten römischen Recht hat herausarbeiten lassen. Das alte Volksrecht, das der Bauer noch im Herzen trägt, gilt schon lange nicht mehr. Jedenfalls nicht, wenn es darum geht, einem Mann von Adel oder Besitz einen Vorteil zu verschaffen.

Genau genommen gibt es in dieser Zeit eigentlich überhaupt keine verbindlichen Gesetze mehr, wonach ein Richter sein Urteil fällen muss. Im Allgemeinen entscheiden die einzelnen Landes- und Lehnsherren die Streitfälle nach eigenem Gutdünken. Und diese Entscheidung ist natürlich stets zu ihrem eigenen Vorteil. Doch damit ist der Willkür in der Rechtsprechung im Land Tür und Tor geöffnet. Nur in den aufblühenden Städten gibt es so etwas wie eine Rechtsordnung, wenn sich auch jede Stadt ihre eigenen Gesetze gibt.

Der Bauer aber ist auf den Richterspruch dessen angewiesen, dem sein Dorf zu Lehen gegeben wurde. Wenn der Beklagte genügend Geld oder Einfluss hat, den Vogt des Grafen als Gerichtsherrn auf seine Seite zu ziehen, dann wird er jeden Prozess für sich entscheiden können. Und eine Berufungsinstanz gibt es nicht. Ein kleiner Handwerker oder Bauer hat kaum die Möglichkeit, vor einem solchen Gericht sein Recht zu bekommen.

Zwar hat Eike von Repgow im 13. Jahrhundert in seinem „Sachsenspiegel" das alte sächsische Volksrecht zusammengefasst und damit das älteste deutsche Gesetzbuch geschrieben und auch in Süddeutschland wurde das Recht im „Schwabenspiegel" zusammengefasst. Doch an den Höfen des Adels findet es kaum Verwendung. Ein Richterspruch wird stets zu Gunsten des Adels fallen, wenn ein Ritter verklagt ist. Und wenn unzweifelhaft auf Blutschuld geklagt wird, dann setzen die Gerichte ein geringes Wehrgeld fest, das der Beklagte leicht zahlen kann, um die Schuld zu sühnen. Natürlich nur, wenn der beklagte Ritter genügend Geld hat, sich die Gunst des Richters mit klingender Münze zu erkaufen.

Unbestechlich, so heißt es im Volk, sei nur der Kaiser. Wenn aber der Kaiser nicht kommt, dann müssen, wie in den Tagen des großen Karl, jäh und unvermutet seine Boten erscheinen, um auch dem „armen Konrad" oder dem „Karsthans", wie man den Landmann nennt, zu seinem Recht zu verhelfen. Und wenn der regierende Kaiser dazu weder Leute noch Geld hat, dann wird der Geist Karls des Großen Männer zu finden wissen, die auch dem ärmsten Bauern zu seinem Recht verhelfen. Männer, die den Ruf des großen Kaisers in ihren Herzen verspüren.

Und wie einst die Grafen des großen Frankenherrschers heimlich und ohne Vorankündigung kamen, um über Adel wie Bauern zu Gericht zu sitzen, so traten nun die Freigrafen der heimlichen Feme hervor.

Die ersten Femegerichte kamen in Westfalen auf, wo der alte Sachsentrotz aus den Tagen Herzog Widukinds noch nicht ganz erstorben ist. Die Feme hielt dort auch nicht nur in der Nacht, sondern auch am hellen Tage auf den Marktplätzen Gericht. Hier aber, im nördlichen Teil des Hessenlandes, werden die Gerichtssitzungen stets im Verborgenen abgehalten. Die Gemeinschaft der Schöffen samt dem Freigrafen sind in der Öffentlichkeit unbekannt. Denn nur so können sie vor einer eventuellen Rache der Verurteilten oder ihrer Freunde sicher sein. Denn die Männer, über die man zur Nachtstunde zu Gericht sitzt, gehören oft genug dem Adel an. Aus dem Schutz ihrer Burgen heraus können sie durch ihre Waffenknechte den Roten Hahn auf das Dach des Richters und der Schöffen setzen. Wenn die Mitglieder der „heimlichen Acht" bekannt wären, besteht auch die Gefahr, dass der verurteilte Ritter den Richter wie auch die Schöffen als Gefangene in die Burg bringt. Und wenn der Spruch nicht aufgehoben wird, lässt er sie im Verlies verhungern.

Die Anonymität der Schöffen ist auch deshalb notwendig, weil es ihre

Aufgabe ist, das gefällte Todesurteil zu vollstrecken, wenn der Beklagte nicht zur Verhandlung erschienen ist und das Urteil in Abwesenheit gefällt wurde. Und ein Verurteilter ist einfacher zu ergreifen, wenn er nicht weiß, dass der Rächer vielleicht bereits neben ihm geht. Ein Mann, der weiß, dass ihn die heimliche Feme zum Tode verurteilt hat, ist nirgendwo seines Lebens sicher. Der Dolch oder der Strick der Rächer weiß ihn stets zu finden - auch, wenn es Wochen, Monate oder gar Jahre dauern mag. Oft genug findet man in diesen Tagen im unteren Geäst eines Baumes den entseelten Körper eines Mannes mit dem Kopf in der Schlinge hängen, neben den ein Messer in die Borke des Baumes gestoßen ist. Und der Wanderer wendet sich schreckensbleich ab, denn er weiß, dass hier ein „Verfemter" ohne Ansehen der Person und seines Standes die gerechte Strafe für seine Missetaten erhalten hat.

„Wer ist es, der vor diesem Gericht ‚Wehe' ruft?", beginnt der Freigraf die Verhandlung. Zwar hat das, was jetzt der aus dem Dunkel der Nacht vor den Gerichtstisch tretende Bauer erzählen wird, schon in allen Dörfern der Umgebung die Runde gemacht. Doch der Ordnung halber muss es hier vor dem Richtertisch vorgetragen und beschworen werden.

„Ich, Heinrich Büra, Bauer aus Ellenberg, rufe meine Klage in die Nacht!" Die Stimme des hochgewachsenen Mannes mit dem kräftigen Körperbau, dem massigen Schädel und dem zerzausten Bart klingt heiser.

„Bist du freien Standes, Kläger?" Natürlich weiß Philipp Kampus, dass Heinrich Büra Leibeigener des Grafen von Gudensberg ist. Das bedeutet, dass nicht nur sein Hof mit allem Vieh und Gerät, sondern auch er selbst und seine Familie dem Grundherrn gehört, wie ihm auch sein Pferd oder sein Jagdhund gehören. Das ist so, seit einer von Bauer Büras Vorvätern bei dem reichen Gudensberger Geld leihen musste und erst seinen Hof und dann sich selbst und seine Familie als Bürgschaft eingesetzt hat. Und als der Stichtag kam und Büras Urahne nicht zahlen konnte, da war es mit der Freiheit vorbei. Kein ungewöhnliches Schicksal in dieser Zeit. Es gibt nur noch sehr wenige Bauern, die frei wie in Altvätertagen ihren Hof bewirtschaften und nur einmal im Jahr dem Grundherrn den „Zehnten" entrichten. Den zehnten Teil der Ernte, des Viehs und alles, was der Hof hergibt. Den Leibeigenen aber lässt der Grundherr gerade so viel, dass sie bei ihrer harten Arbeit überleben können.

„... und der gnädige Herr Graf gab die Erlaubnis, dass Jochen Brandner, der ebenfalls dem Gudensberger mit seinem Leib zu eigen ist, meine Tochter Elisabeth freien konnte", erzählt der Bauer, nachdem noch einige Fragen der Formalität geklärt sind. „Aber als ich mit meiner Tochter und dem künftigen Schwiegersohn die Burg verließ, kam ein Rittersmann auf den Hof geritten, zügelte sein Ross vor meiner Eisabeth und sah sie sich genau an."

„Und du hast diesem Ritter dann gesagt, wann und wo die Hochzeit stattfindet", unterbricht ihn der Freigraf.

„Ich musste es tun!", stößt der Bauer hervor und die Schöffen nicken unter ihren Kapuzen. Sie sind meist ebenfalls Bauern der Umgebung, wenn sie auch freien Standes sein müssen, um zur heimlichen Acht zu gehören. Ein Leibeigener, der einem Ritter eine Antwort verweigert, muss damit rechnen, dass er von diesem selbst oder seinen Knechten bis aufs Blut geprügelt wird. Und wenn er daran stirbt, ist das Wehrgeld für den Grundherrn meistens gering. Für einen gut abgerichteten Jagdfalken zahlt man mehr als für einen Leibeigenen.

„Als die Brautleute dann aus der Kirche kamen, kam dieser Ritter mit einem Trupp Bewaffneter angeritten und forderte im Namen des Grundherrn nach alter Sitte das Recht der „Ersten Nacht", krächzt der Bauer.

„Aber gewiss nicht für sich selbst." Philipp Kampus hat sich halb erhoben „Man erzählt sich, dass Adalbert von Gudensberg seinem Eheweib in Liebe und Fürsorge zugetan sei."

„So ist es. Aber er ist auch ein Freund des Würfelspiels", knurrt der Bauer. „Und Johannes von Wartenberg, der auf der Burg des Gudensbergers Ritterdienst tut, hat bei einem Würfelspiel gewonnen und sich anstelle des gewonnenen Geldes das Recht der Ersten Nacht übertragen lassen."

„Das ist ein schändliches Recht!", stößt einer der Schöffen hervor. „Die Brautleute haben sich gerade vor dem Altar und Angesicht Gottes ewige Treue gelobt – und dann kommt so ein adeliger Bengel daher und bricht die Blume, die das Mädchen über all die Jahre für den Mann ihres Lebens aufgespart hat. Ist das im Sinne eines Christenmenschen?"

„Weiß nicht", antwortet ein anderer Schöffe auf seine Frage. „Musst den Pfarrer fragen, der die Bibel zu lesen versteht. Wir Bauersleut' selbst können es ja nicht. Und unser hochwürdige Herr hat mir auch erzählt, dass es schwere Sünde sei, selbst in der Bibel zu lesen. So hat es jedenfalls der Herr Papst in Rom gesagt, weil er meint, dass wir einfachen Leute ohnehin nicht begreifen, was drin steht. Wo ich doch gar zu gern mal die Stelle lesen möchte, wo der Herr Jesus befiehlt, den Zehnten zu entrichten und erklärt, was denn der Unterschied zwischen einem Ritter und einem Bauern ist. Als Adam grub und Eva spann – wo war denn da der Edelmann?"

„Ritter Johann von Wartenberg hat also deine Elisabeth mitgenommen." Die Stimme des Freigrafen fährt schneidend dazwischen, bevor sich hinter ihm unter den Schöffen eine Diskussion entspinnen kann.

„So war es, Freigraf!", nickt Heinrich Büra. „Zwei Tage später hat er sie zurückgebracht. Und nach neun Monaten war das Kind da. Doch meine Tochter

Elisabeth", der Bauer hält einen Moment inne und seine Stimme zittert, „ist an den Folgen der Geburt gestorben. Möge es ihr im Himmelreich besser gehen."

„Amen!", murmelt es in der Runde der Schöffen. Mit einer Handbewegung fordert der Freigraf den Kläger auf, weiter zu reden.

„Der Jochen Brandner hat das Kind nicht nehmen wollen. Es hat die dunklen Haare und die Augen seines Vaters – des Ritters. Da war es das gute Recht Brandners, das Kind zu verweigern." „Gutes Recht nach den Sitten der Väter!", klingt es unter den Kapuzen der Schöffen. „Zu seinem leiblichen Vater hättest du das Kind bringen sollen."

„Das habe ich getan." Heinrich Büra richtet sich auf. „Doch Johann von Wartenberg lachte mich aus und ließ mich aus der Burg prügeln. Da ich das Kind selbst nicht ernähren kann, haben wir doch selbst kaum Essen genug für die eigene Sippe, brachte ich den Kleinen hinunter zum Kloster Breitenau. Und die frommen Klosterleute hatten Erbarmen...!"

„Das Recht der Ersten Nacht ist in unserer Gegend schon sehr lange nicht mehr gefordert worden", flüstert Philipp Kampus im Kreis der Schöffen, nachdem der Bauer noch einige Fragen beantworten musste. „Wenn es sich in den Kreisen des Adels herumspricht, dass man so auf leichte Art sich ein Feinsliebchen für eine Nacht beschaffen kann, dann werden im Land demnächst wieder viele Ehen mit Tränen beginnen und viele gebürtige Rittersöhne als Erwachsene den Pflug drücken. Dem gilt es, Einhalt zu gebieten."

Zustimmendes Gemurmel in der Runde. Jeder weiß, was der Freigraf damit ausdrücken will. Es gilt, hier und jetzt ein Exempel zu statuieren. Wenn ein Ritter durch die Feme zum Tode verurteilt und gerichtet wird, weil er ein von ihm gezeugtes Kind nicht anerkennt, dann wird es sich mancher Junker überlegen, ob er sein Leben für eine Liebesnacht riskiert. Vor dem Schuldspruch hätte sich der Wartenberger nur lösen können, wenn er dem Kloster Geld für die Erziehung des Kindes gezahlt hätte. Doch er ist nicht gekommen, um auf diese Art sein Leben zu wahren.

„Richter, die ihr richtend im Verborgenen wacht. Welches Urteil dünkt euch?", fragt Philipp Kampus nach alter Sitte mit feierlicher Stimme.

„Schuldig!", grollt es in der Runde aus sieben Kehlen.

„Und die Strafe?"

„Der Tod!", kommt es grabeskalt von den Lippen der Schöffen...

***

Mit weiten Sprüngen hetzt der Hirsch durch den Forst. Hinter ihm die bellende Meute der Bracken. Tief über den Kopf des Rappen gebeugt, damit ihm die um ihn herum pfeifenden Äste der dicht an dicht stehenden Bäume das Gesicht nicht zerschlagen, treibt Ritter Johann von Wartenberg sein feuriges Jagdross hinter dem Edelwild her. Den Hirsch, einen kapitalen Zwölfender, hat er schon lange beobachtet. Und er allein will ihn auch zur Strecke bringen.

Dass er bei der Pirsch auf das Edelwild beobachtet wurde, ahnt er nicht. Welcher Ritter wird schon auf das blöde Bauernpack achten, das da in den Feldern arbeitet. Doch die beiden Männer, von denen einer den Pflug in die Erde drückte, während der andere die beiden Ochsen am Leitseil führte, haben genau beobachtet, wohin der Hirsch jedesmal lief. Das ist die Gelegenheit, das Urteil der heimlichen Acht zu vollstrecken, ohne dass die Nacht-Richter erkannt werden.

Der Ritter schreit auf, als sein Pferd sich im Dahinstürmen in einem Geflecht aus Stricken verfängt, das hier zwischen den Wurzeln der Bäume verborgen und mit welkem Laub abgedeckt ist. Der Rappe stößt ein trompetenhaftes Wiehern aus und überschlägt sich. Es gelingt dem Reiter gerade noch, die Füße aus den Bügeln zu nehmen und abzuspringen, bevor der schwere Körper des Rosses über ihn rollt. Er sieht noch, dass sich das erschrockene Pferd wieder emporrappelt und davongaloppiert. Die Hunde sind weiter hinter dem Hirsch her. Doch für Johann von Wartenberg ist die Jagd vorbei.

Der Jäger ist zum Wild geworden. Bevor der Ritter begreift, was geschehen ist, sind sie über ihm. Zwei Männer in groben, braungrünen Leinenkitteln, aus denen der Geruch von Kuhmist und brauner Erde strömt. Sie haben Kräfte wie Bären und Hände wie Stahlklammern. Die Hände des Wartenbergers werden auf den Rücken gezogen und dann schneidet ein Handstrick tief in die Haut. Auch die Füße werden gefesselt.

„Meine Familie ist reich. Das Lösegeld wird hoch sein“, knirscht der Ritter zwischen den Zähnen hervor. Diese beiden Männer sehen zwar aus wie Bauern. Doch er hat sie hier noch nie gesehen. Also müssen es Räuber sein, die hier einen guten Fang gemacht haben. Nun, irgendwann endet jeder in der Schlinge des Henkers.

„Es gilt, das Urteil der Feme zu vollstrecken, Johann von Wartenberg!“, kommt es gnadenlos aus den Lippen des Mannes hervor, der den Ritter auf die Beine zerrt. Der andere Mann hat währenddessen einen Strick aus dem Unterholz gezogen, an dessen Ende der entsetzte Ritter eine fachmännisch geknüpfte Henkersschlinge erkennt. Mit einem Schwung wird der Strick mit der Schlinge über einen Ast geworfen.

„Strick! Stein! Gras! Grein!“ Die traditionellen Worte klingen wie brechendes Glas, als der Bauer, der das Amt des Femerichters übernommen hat, das Messer in die Borke des Baumes stößt. Da erinnert sich der Ritter an die Ladung zum heimlichen Gericht. Damals hat er darüber gelacht, was sich der Bauer anmaße, über die Herrn zu Gericht zu sitzen. Jetzt aber weiß Johann von Wartenberg, dass er ein Verfemter und damit verloren ist. Von den beiden Männern, die hier im Auftrag der heimlichen Acht das Amt des Henkers übernehmen, hat er keine Gnade zu erwarten.

„Wenn Eure Familie so reich ist, wie ihr sagt, Herr Ritter, dann hättet ihr leicht dem Kloster das Geld für die Erziehung eures Sohnes zahlen können", knurrt der Mann, der dem Wartenberger die Schlinge um den Hals fest zuzieht.

„Ich bereue... ich tue Buße...!", stößt mit angstbleichem Gesicht der Ritter hervor. Doch dann bricht die Stimme ab. Gegen das Urteil des Femegerichts gibt es keine Berufung. Es wird gnadenlos und ohne Ansehen der Person vollstreckt.

Mit einem kräftigen Ruck hat der Bauer am Strick angezogen und schon schwebt der Ritter eine Handbreit über dem Boden. Sofort fasst der andere Mann mit zu und gemeinsam ziehen sie den zuckenden und strampelnden Körper des Ritters hinauf und verknoten das Seil am Stamm. Die Fronboten haben den Auftrag des Gerichts erfüllt. Kurze Zeit später treiben sie wieder die Ochsen und ziehen die Ackerfurchen, als ob nichts geschehen wäre.

Als die Männer des Grafen von Gudensberg den Gehängten finden, sagt ihnen das Messer, das in der Borke des Baumstammes steckt, genug. Achselzuckend nimmt Adalbert von Gudensberg zur Kenntnis, dass einer seiner Gefolgsleute vom Richterspruch aus dem Volk ereilt wurde. Er ist tot und Nachforschungen würden zu nichts führen, sondern nur böses Blut im Volk machen. Der Familie des Wartenbergers wird man erzählen, dass der Sohn tapfer im Kampf gegen Räuber gefallen ist.

Doch der Spruch der heimlichen Acht zu nächtlicher Stunde und die rasche Vollstreckung des Urteils hat dafür gesorgt, dass das Recht der Ersten Nacht danach kaum noch in Anspruch genommen wurde...

©Helen -2003

# Das Hexenkind

„Gott segne das ehrbare Handwerk!“, fühlt sich Meister Gottfried angesprochen. Er steht vor dem Eingangsportal, das unterhalb des Turmes direkt ins Kirchenschiff führt und gibt eben den Steinmetzen einige Anweisungen.

„Dank zum Gruß!“ Etwas unwillig wendet sich der Bauleiter der neu erstehenden Hauptkirche dem in grobes Leinen gehüllten Fremden zu. Der Ankömmling überragt ihn fast um die halbe Haupteslänge. Breite Schultern und sich unter den weitgeschnittenen Ärmeln wölbende Muskeln zeigen an, dass dieser Geselle gewohnt ist, schwere Arbeit zu verrichten.

Bevor Meister Gottfried jedoch die üblichen Fragen nach dem Woher und Wohin stellen kann, macht der Fremde mit der linken Hand ein Zeichen, in dem der Herr des ganzen Gewerks eins der geheimen Symbole der Bauhütten erkennt. Ein untrügerisches Zeichen, dass dieser Handwerksmann der Bruderschaft angehören mag. Doch dazu ist noch eine weitere Probe notwendig.

Den Fremden scheint es absolut nicht zu wundern, dass ihm Gottfried Sprenger die linke Hand zum Gruß bietet. Und der Fremde legt, während er einschlägt, den Zeige- und den Mittelfinger auf den Puls, anstatt sie mit der Hand zu vereinigen. Dorthin, wo das Blut am schnellsten zum Herzen strömt. Dazu macht er mit der linken Hand ein weiteres Zeichen, das jedem, der es nicht kennt, nie auffallen würde. Gottfried Sprenger weiß jedoch in diesem Augenblick, dass nicht nur ein Geselle, sondern ein Meister in der Handwerkskunst vor ihm steht. Den Worten eines Fremden kann man misstrauen. Den geheimen Zeichen der Bruderschaft aller Bauhütten nicht. Denn sie werden nicht nur in allen Ländereien, wo mit deutscher Zunge geredet wird, gepflegt, sondern man kennt und achtet sie auch drüben in Flandern, in Frankreich und sogar in England.

Zwar versteht man die Bruderschaft als ein Schutz- und Trutzbündnis der freien Maurer, doch gehören zum Gewerk, mit dem ein Gebäude errichtet wird, auch noch Zimmerleute, welche Gerüste und Dachstühle bauen und die

Steinmetze, welche dem rauen Stein nicht nur die gewünschte Form geben, sondern es auch verstehen, kunstvoll Figuren und Ornamente hineinzuschlagen oder aus dem Stein herauszuformen.

„Ich habe Glück. Ihr seid selbst der Meister vom Stuhl!", sagt der Fremde, der sich als Henning Gerlach vorgestellt hat, nachdem ihm Gottfried Sprenger durch ein Zeichen seinerseits seinen Rang innerhalb der hiesigen Bauhütte zu erkennen gegeben hat. Diese Worte lassen jegliches Misstrauen schwinden. Dieser Mann kennt alle Geheimzeichen. Er ist somit würdig, dass ihm auch die Geheimnisse dieses Baus offenbar werden.

„Ihr führt das Gewerk sonderbar aus", sagt Henning Gerlach, nachdem auf Meister Gottfrieds Geheiß einer der Lehrjungen einen Krug mit Wasser und zwei Becher gebracht hat. Aus einer kleinen Flasche, die der Lehrling ebenfalls trägt, wird etwas Wein in das Wasser geschüttet. Ein Willkommenstrunk mit Wasser ist unziemlich. Aber es ist auch früh am Morgen und zu viel Wein lähmt die Gedanken und die Arbeitskraft.

„Seid willkommen in der Gewerkschaft der Bauhütte von Sankt Katharinen", sagt Gottfried Sprenger feierlich. „Wenn ihr um Arbeit nachsucht, kann sie euch hier zuteil werden. Doch sagt zuvor an, weshalb euch eure Wanderung allein, fern jeder Gemeinschaft, in diesen Teil des Landes führt."

Henning Gerlach nickt verstehend. Es ist üblich, dass ein Gewerk nach Vollendung eines Baus beisammenbleibt und gemeinsam dorthin geht, wo ein anderer Bau entstehen soll.

„Ich komme vom Rhein, wo in der großen Stadt Köln ein Dom entstehen soll, der von seinem Ausmaß her alles, was jemals erbaut wurde, übertreffen soll", erzählt er, nachdem er seine trockene Kehle durch den Trunk gelabt hat. „Doch dem Rat ging das Geld aus. Nachdem der Chor fertig gestellt war, wurde beschlossen, es vorerst damit genug sein zu lassen und die weiteren Arbeiten späteren Generationen zu überlassen. Gerade zu dieser Zeit kamen Abgesandte des Königs von Frankreich, der zu Reims eine Kathedrale errichten will, die ebenfalls alle Maßstäbe sprengen soll. Doch ich wollte nicht über den Rhein ins Welschland, wo man mit fremder Zunge redet. Deshalb habe ich mich gemäß den Regeln von meinem Gewerk getrennt. Mögen die Freunde von einst bei den Franzosen glücklich werden. Ich wollte die Heimat nicht verlassen und mein Weg führt mich eigentlich hinüber nach Erfurt. Doch was ich hier sehe, reizt mich, daran mit zu tun."

„An diesem Bau ist nun wirklich nichts Reizvolles", brummt Meister Gottfried. „Das, was der Rat dieser Stadt von uns verlangt, hat nicht viel mit Handwerkskunst zu tun. Aber das wusste ich nicht, als ich für unsere Gewerkschaft den Vertrag gesiegelt habe."

„Ich sehe, dass hier noch sehr viel Mauerwerk stehen geblieben ist. Doch scheint es durch eine Feuersbrunst keine Stabilität mehr aufzuweisen“, nickt Henning Gerlach. „Und ihr zieht unmittelbar daneben neue Mauern empor. Die neue Kirche wird damit nur unbedeutend größer und...“

„...und nach dem Willen des Rates soll sie ein genaues Abbild dessen sein, was vor mehr als zehn Jahren zugrunde ging. Damals empörten sich mehrere hessische Städte gegen den harten Landgrafen Hermann und dieser konnte froh sein, dass ihm wenigstens seine Residenzstadt Kassel einigermaßen treu blieb. In jenen Tagen gingen mehrere Städte wie beispielsweise Eschwege offen zur Landgrafschaft Thüringen über. Die Lichte Aue, in der diese Stadt liegt, ist aber ein zu wichtiger Punkt, als dass ihn Landgraf Hermann ebenfalls dem Thüringer überlassen konnte. Es wird vielleicht nie geklärt werden können, ob die Stadt in der Lichten Aue ebenfalls die Seite wechseln wollte. Oder ob sich der Landgraf durch Erhebungen in allen größeren Städten genötigt sah, hier seine Macht zu beweisen. Jedenfalls rückte er mit seinem Heer an und nahm die Mauern im Sturm, bevor sich Rat und Bürgerschaft ergeben konnte. Die Stadt selbst brannte samt der Kirche bis auf die Grundmauern nieder. Nun ist durch den zähen Willen der Bürgerschaft und ihren Fleiß die Stadt Lichtenau wieder erstanden. Und um jeden Zweifel auszuräumen, nennt man sich jetzt auf besonderen Befehl des Landesherrn Hessisch Lichtenau.“

„Und nachdem die Häuser neu errichtet sind und die Stadtmauern einigermaßen instand gesetzt ist, gibt man nun auch dem allmächtigen Gott die Ehre“, sagt Henning Gerlach ironisch. „Doch das soll, wie ich so sehe, möglichst wenig kosten. Denn da man die Mauern im Inneren erst einmal stehen lässt, kann man einen Teil der Gerüste sparen. Und wohl auch mancher Stein aus dem alten Mauerwerk kann herausgebrochen und neu verwendet werden.“

„Der Rat der Stadt erklärte uns, dass man innerhalb der Ruine weiterhin den Gottesdienst feiern kann, bis die neue Stadtkirche fertig errichtet ist“, erklärt Meister Gottfried. „Denn sonst findet sich in der Stadt keine geeignete Räumlichkeit, alle Gläubigen aufzunehmen, wenn die Heilige Messe gefeiert wird.“ Dieses Argument leuchtet auch Henning Gerlach ein.

„Vielleicht lässt sich das untere Mauerwerk des Turms noch verwenden“, sagt er dann nach einer Weile. „Auf den ersten Blick erschien es mir noch recht stabil zu sein.“ „Dann müsste aber der Eingang neu gestaltet werden.“ Gottfried Sprenger nickt bedächtig. „Denn der Rat wünscht, dass wir den Bau in Fenstern und Dachgefüge nicht mehr mit den althergebrachten Rundbogen, sondern mit den jetzt modernen spitzen Bogen ausführen. Und deshalb,

Meister Henning, schickt euch der Himmel. Denn ihr habt am Dom zu Köln sicher in dieser neuen Bauweise reichlich an Erfahrung gesammelt...!"

***

„Es muss etwas Lebendiges hinein, wenn die Mauern der Kirche in alle Ewigkeit stehen sollen." Flüsternd gehen diese Worte schon seit einiger Zeit in der Stadt um. Niemand macht sich darüber Gedanken, dass dies ein Brauch aus dem Heidentum ist, der nicht einmal in deutschen Landen seinen Ursprung hat, sondern von den Kreuzfahrern aus dem Heiligen Land mitgebracht wurde. Meist wurde ein Hund oder eine Katze in die Mauern eines Befestigungswerkes eingemauert. Doch seit ein reisender Handwerksgeselle erzählt hat, dass der Graf von Mansfeld in die Mauern seiner als unbezwinglich geltenden Burg ein Kind eingemauert hat, findet dieser Aberglaube in einigen Herzen Zustimmung.

Einen Hund oder eine Katze in einer Kirche einmauern – das wäre unwürdig. Aber ein Kind, noch dazu ein Kind, dessen Seele auf jeden Fall den Flammen der Hölle verfallen ist, ins Mauerwerk zu bannen, das sieht man nicht als Sünde, sondern als gottgefälliges Werk an. Immerhin vollendet die Kleine im nächsten Wonnemond ihr vierzehntes Lebensjahr. Und an diesem Tag muss sie die Hexenprobe bestehen.

So hat es der Dominikanerpater, der dem Hexengericht damals vorstand, angeordnet. Denn die Mutter der kleinen Sonja, die mit ihrer Tochter alleine in einer Hütte nahe am Wald lebte und sich mit ihrer Tochter durch Tagelohn bei den Bauern am Leben erhielt, verstand es, aus Kräutern und Wurzeln Heiltränke zu brauen, die besser wirkten als die Künste eines Medicus. Da sie zudem noch eine Ziege hielt, kam das Gerücht auf, dass die Schwarze Agnes, wie sie allgemein genannt wurde, ihre geheimen Kräuterkünste nicht nur von ihrer Mutter, sondern vom leibhaftigen Gottseibeiuns gelernt hatte. Dazu kam, dass sie den Vater ihres Kindes nicht nennen konnte. Es mochte ein Zigeuner gewesen sein, die einige Zeit vor der Geburt der Kleinen durch die Gegend gezogen waren. Auch der in jenen Tagen ungewöhnliche und exotisch klingende Name Sonja schien darauf hinzuweisen. Von den Zigeunern aber ging überall die Rede, dass sie ohnehin mit dem Teufel im Bunde seien.

Auf Betreiben des Stadtrates von Lichtenau entsandte die Abtei Hersfeld einen Hexenriecher. Und dieser fromme Mann stellte bei der Untersuchung ihrer Hütte fest, dass die Agnes eine Hexe sei. Dass die Ziege ein weibliches Tier von weißer Farbe war und kein schwarzer Bock, der nach altem Volksglauben das Symbol des Teufels ist, wurde von Gericht als nebensächlich abgetan. Die sonderbaren Ingredienzien für die Tränke und Latwergen, die man in der Hütte vorgefunden hatte, waren Beweis genug. Zumal die Schwarze Agnes nach dem dritten Grad der Folter zusammenbrach und alles gestand, was ihr der Dominikaner in seiner schwarzweißen Kutte vorhielt.

Die kleine Sonja musste, obwohl sie damals erst zehn Jahre war, mit ansehen, wie man ihre Mutter und die Ziege auf dem Marktplatz von Lichtenau als Hexe und Teufelstier verbrannte. Da sie damals noch zu klein war, entschied der Hexenrichter, dass sie bis zu ihrem vierzehnten Geburtstag in Haft gehalten wird, weil erst dann durch die Hexenprobe untersucht werden kann, ob das Erbe ihrer Mutter in ihr schlummert.

Man wird Sonja jeweils das Handgelenk an einen Fuß binden und sie dann in ein tiefes Wasser werfen. Gelingt es ihr trotz der Fesseln, auf der Oberfläche des Wassers zu treiben, dann ist erwiesen, dass ihr der Teufel hilft und sie eine Hexe ist. In diesem Fall zieht man sie aus dem Wasser und bringt sie gleich zum Scheiterhaufen. Denn sie muss verbrannt werden, bevor sie sich mit ihren dunklen Künsten an der Stadt und ihrer Bürgerschaft rächen kann. Geht das Hexenkind aber unter und ertrinkt, dann ist sie eben frei von den dunklen Mächten und bekommt ein christliches Begräbnis.

Sterben wird das Hexenkind also so oder so. Doch wenn man sie hier an einem heiligen Ort einmauerte, dann kann sich der Teufel ihrer Seele auch dann nicht bemächtigen, wenn sie durch das Erbe ihrer Mutter seine Dienerin ist. Es ist also ganz sicher ein gottgefälliges Werk, die Tochter der Schwarzen Agnes hier lebendig zu begraben.

Ungefähr zehn Bürger der Stadt hatten sich insgeheim verschworen, die Tat auszuführen. Denn mehrfach hatte Melchior Rietberg, der hochwürdige Pfarrer der Gemeinde, in seinen Predigten gegen den überall vorhandenen Aberglauben und besonders die Hexenprobe gewettert, die so oder so mit dem Tod des Mädchens enden musste. Von der Kanzel herab hatte der Geistliche gefordert, dass man das Mädchen, das wegen ihres kupferfarbenen Haares die Rote Sonja genannt wurde, in ein Kloster bringen sollte, wo der Teufel ihre Seele ebenfalls nicht bekommen kann.

Doch der Rat der Stadt fürchtet, dass der Abt von Hersfeld es als Sünde ansieht, wenn der gefällte Spruch eines Hexengerichts verändert wurde. Ein solcher Ungehorsam kann bedeuten, dass der Abt über den Bischof beim Papst ein Interdikt gegen die Stadt und ihre Bürger erwirkte. Das bedeutete, dass keine Glocken mehr geläutet, keine heilige Messe mehr gelesen, keine Taufe mehr gespendet und auch keinem Sterbenden mehr die Tröstungen der Kirche zuteil werden darf. Ohne jede heilige Handlung der Kirche aber sind nach dem Verständnis dieser Zeit alle Leute innerhalb der Stadtmauern zur ewigen Verdammnis verurteilt. Nur die Zahlung einer hohen Geldbuße, die selbstverständlich zwischen dem Abt, dem Bischof und dem Heiligen Stuhl in Rom aufgeteilt wird, kann sich dann Stadt und Bürgerschaft von diesem Bann lösen. Eine solche Geldbuße aber ist das Hexenkind nicht wert.

Seit über drei Jahren lebt die Rote Sonja nun im Haus des Henkers, das ungefähr zehn Steinwürfe weit außerhalb der Stadtmauern errichtet ist. Im „Loch", den Gefängniszellen unter dem Rathaus, getraut man sich das Hexenkind nicht zu verwahren. Immerhin besteht ja die Gefahr, dass die angeborenen dunklen Kräfte des Mädchens vor der Zeit erwachen. Und da will man sie nicht in den Mauern haben, weil sie sonst der Stadt und den guten Bürgern mit ihrer Zauberei schaden kann.

Im Haus Martin Schwaners, des Henkers der umliegenden Städte und Marktflecken, konnte sich die Rote Sonja fast völlig frei bewegen. Dass sie nicht entfliehen konnte, dafür sorgte eine schwere Eisenkugel, die mit einer Kette an ihr linkes Fußgelenk geschmiedet war. Meister Martin und seine Frau begannen, die Kleine bald so lieb wie ein eigenes Kind zu haben. So gut es ihr die Eisenkugel gestattete, half Sonja der Hausfrau bei der Arbeit. Und wenn auch selten ein Lächeln über ihr hübsches, ernstes Gesicht huschte, so war sie im Haus des Henkers doch nicht unglücklich. Sie wäre vielleicht sogar glücklich gewesen, hätte nicht immer das Bild des flammenden Holzstoßes vor ihren geistigen Augen gestanden und das Wissen, dass auch ihr Leben beendet sein würde, bevor es richtig begann. Noch einmal würde Sonja das Christfest feiern. Wenn im nächsten Lenz die Bäume wieder grünten, dann war die Zeit ihres Todes gekommen.

Freunde im gleichen Alter hatte Sonja nicht. Kein Kind ehrbarer Bürgersleute oder aus den Katen der Bauern wagte sich in die Nähe des Hauses, in dem der Henker wohnte. Nur Fang, der kleine, schwarze Hund, war Sonjas einziger Freund. Wenn sie mit ihm spielen konnte, vergaß das Mädchen ihre Gefangenschaft und das grausame Schicksal, das nun von Tag zu Tag näher rückte.

Schon lange hatten die Verschworenen in der Stadt überlegt, wie sie ihr dunkles Vorhaben am besten ausführen könnten. Innerhalb der noch bestehenden Mauern des Kirchturms hatte man einen geeigneten Platz gefunden, wo man in einem dunklen Winkel rasch eine zweite Mauer hochziehen konnte. Und es musste am Tage geschehen, ohne dass es den Bauleuten auffiel. Denn die Männer der Bauhütte, das wusste man nur zu genau, hatten für solche Gebräuche nicht viel übrig. Und wenn der Pfarrer noch davon erfuhr, dann würde man bei der nächsten Beichte eine Gebets-Buße erhalten, die mehrere Stunden dauern musste. Wartete man aber die Nacht ab, dann mochte es sein, dass der Teufel selbst der Roten Sonja zu Hilfe kam. Denn ob der Kirchturm schon zum heiligen Bezirk gehört, der allen Teufeln und Dämonen den Einritt verwehrt, konnte niemand sagen.

Heute ist also der Tag, an dem man die Rote Sonja entführen und sofort einmauern will. Steine sind bereitgelegt und einer der Verschworenen, der sich für einige Tage beim Gewerk als Handlanger verdingt hat, will den Mörtel rechtzeitig anrühren. Ohne Luft im Gemäuer wird das Hexenkind schnell sterben. Wenn das Steingrab erst einmal geschlossen ist, wird kaum jemand daran gehen, es wieder zu öffnen.

Schon haben die Verschworenen die Hütte des Henkers umkreist. Die Hausfrau, das wissen sie, ist für einige Tage zu einer Verwandten nach Epterode gegangen, die ein Kind erwartet. Und Martin Schwaner war für zwei Tage nach Kassel beordert worden, weil er es besser als jeder andere Henker im weiten Umkreis versteht, mit einem raschen, kräftigen Schwertstreich ein Haupt vom Rumpf zu trennen. Den Tod mit der Axt zu geben, dazu bedarf es keines besonderen Geschicks. Der Delinquent wird von den Knechten festgehalten und gezwungen, seinen Nacken über dem Richtblock zu beugen. Einen solchen Hieb kann notfalls jeder Holzhacker ausführen. Bei der Hinrichtung mit dem Schwert aber kniete der Delinquent völlig frei und der Henker muss mit einem kraftvoll und sicher geführten waagerechten Hieb von der Seite her sein trauriges Amt verrichten. Nur Martin Schwaner steht in dem Ruf, dass es ihm jedes Mal gelingt, den Kopf mit dem ersten Hieb abzutrennen und zu vermeiden, dass sich der Verurteilte in seinen Schmerzen über das Schafott wälzt.

Kein Wunder, dass der Landgraf einen so geschickten Mann an seinen Hof befiehlt, wenn er das Todesurteil durch das Schwert ausgesprochen hat. Denn mit dem Schwert richtet man nur Mitglieder des Adels hin, weil man von ihnen so viel Tapferkeit und Selbstverleugnung erwartet, dass sie frei kniend den Todesstreich empfangen. Die Hinrichtung auf dem Block durch die Axt, die bei gewöhnlichen Missetätern angewandt wird, gilt als entehrend.

Meister Martin war also fort und das Mädchen völlig allein im Haus. Sie kann sich zwar innerhalb der Stube bewegen, indem sie die schwere Kugel rollte, aber eine Flucht ist unmöglich. Die drei Männer, die durch das Los bestimmt sind, das Haus zu betreten und das Mädchen herauszuholen, haben heute Morgen bei der Frühmesse noch sicherheitshalber die Kommunion empfangen. So ist man vielleicht etwas geschützt, falls der Teufel selbst erscheint, um dem Mädchen zu helfen.

Ein kurzes, gemurmeltes Gebet, dann stürmen sie in das Haus. Sonja, die gerade mit dem Hund spielt, schreit auf, als sie in die harten, gnadenlosen Gesichter der Männer blickt, die grobe Stricke in den Händen halten und sich mit einem hervorgestoßenen „Im Namen Gottes, des Allerhöchsten!" auf sie werfen. Obwohl sich das Mädchen zu wehren versucht, sind ihre Hände und Füße rasch gefesselt, während ein Knebel ihre Schreie erstickt. Mit bösartigem Knurren hat Fang seine Freundin verteidigt. Einer der Männer schreit auf, als der Hund seine Zähne in seiner Wade vergräbt und ein gehöriges Stück Stoff aus der Hose herausreißt. Ein mächtiger Fußtritt schleudert das treue Tier in eine Ecke des Raumes, wo es jaulend liegen bleibt. Bevor sich Fang wieder erheben kann, hat man das sich windende Mädchen in einen bereitgehaltenen Sack gesteckt, nach draußen gebracht und auf ein bereitgehaltenes Fahrzeug geworfen. Unter Strohballen verborgen soll sie in die Stadt gebracht werden und das letzte, was Sonja hört, ist das schrille Bellen ihres kleinen Freundes hinter der verschlossenen Tür. Dann mahlen die Räder des Karrens, den ein alter Schimmel in Richtung auf die Stadtmauer zieht, durch Kies und Sand. Nicht mit den vom Knebel verschlossenen Lippen, aber aus dem heißen, angstvollen Herzen heraus, spricht sie alle Gebete, die sie die Mutter einst gelehrt hat. Und da ist kein Gebet dabei, das an den Teufel gerichtet ist...

***

Martin Schwaner ist hochzufrieden, dass er früher nach Hause kommt, als er gedacht hat. In Kassel angekommen hat der Landgraf den Verurteilten begnadigt. Dadurch konnte der Henker sofort wieder zurückreiten und das Reisegeld, das er vom Kämmerer des Landgrafen erhalten hat, war recht gut bemessen. Bei sparsamer Haushaltung wird man mehr als einen Monat davon leben können.

Schon von weitem hört der Henker das Bellen des Hundes und er gibt dem Rappen die Sporen. Wenn Fang so intensiv Laut gibt, ist etwas geschehen. Ohne das Pferd in den Stall zu bringen, reißt Martin Schwaner die Tür auf und erstarrt.

Der Kampf im Inneren hat Spuren hinterlassen. Und das Hexenkind ist fort. Das Stück Tuch, das ihm der treue Hund bringt, sagt dem Henker, dass man Sonja entführt hat. Denn mit der schweren Kugel am Fuß hätte sie nicht einmal den Wald erreicht. Aber wer kann das Hexenkind entführt haben? Der Verdacht des Henkers fällt sofort auf die Zigeunersippe, die vor gut einer Woche mit ihren Wagen hier durchgezogen war und außerhalb der Mauern etwas Handel treiben durfte. Von den Zigeunern erzählt man sich, dass sie überall Kinder rauben.

Schon will Martin Schwaner sich auf sein Pferd werfen, um der Spur der Zigeunerwagen zu folgen, um die Rote Sonja von ihrem „König" zurückzufordern, als er sieht, dass Fang mit dem Stofffetzen im Maul in Richtung auf die Stadt läuft, mit lautem Bellen aber immer wieder zurückkommt. Vielleicht kann ihm der Hund zeigen, wohin das Mädchen gebracht wurde.

Rasch versorgt Meister Martin sein vom langen Ritt erschöpftes Pferd. Dann läuft er hinter dem bellenden Hund her, der ihn in Richtung auf das Südtor von Lichtenau führt...

***

Die Rote Sonja zittert wie Espenlaub. Unter Stroh verborgen hat man sie an den gelangweilt dreinblickenden Torwächtern vorbei in die Stadt gebracht. Niemandem der Bauleute vom Gewerk fiel auf, dass ein Sack durch das Innere des neu entstehenden Kirchenschiffes in Richtung auf den Turm geschafft wurde. Denn dass sich in dem Sack etwas heftig bewegte, war nicht zu erkennen, weil er von honorigen Bürgern der Stadt getragen wurde, die den Bauleuten wohl bekannt sind. Und es wundert auch niemanden, dass diese Männer, die mit ihrer Traglast das Untergeschoss des Turmes betreten haben, die Tür hinter sich schließen.

Jetzt hat man Sonjas schlanken Körper in eine kleine Nische an die Mauer gepresst. Während kräftige Männerfäuste sie aufrecht festhalten, beginnt man bereits, eine Reihe von Steinen vor ihr aufzuschichten und mit Mörtel zu verfugen. Als eine zweite Steinreihe auf die darauf gestrichene Bindemasse aus mit Wasser verrührtem Kalksand, Lehm und Quark aufgelegt wird, ahnt das Mädchen ihr Geschick. Dicke Tränen der Angst rollen über ihre Wangen während sie vergeblich versucht, sich aus dem Fäusten der Männer herauszuwinden. Doch eine Flucht ist wegen der Eisenkugel an ihrem Fuß ohnehin unmöglich und der harte Knebel erstickt jeden Schrei um Hilfe. Während die Männer litaneiartige Gebete murmeln, wächst die Mauer von ihren Füßen herauf immer höher. Als die Höhe der Brust erreicht ist, lassen die Männer sie los.

Ab jetzt kann das Hexenkind seinem Schicksal nicht mehr entrinnen...

***

„Holla, Gevatter! Auch wenn diese Mauern noch nicht zum Gotteshaus geweiht sind, so hat ein Hund hier dennoch nichts zu suchen!“, vernimmt Martin Schwaner den zornigen Ruf des Baumeisters. Der Hund hat den Henker durch das Stadttor geführt, wo die Torwachen in abergläubischer Scheu vor ihm zurückgewichen sind. Es gilt schon als verderbenbringend, wenn man nur vom Schatten des Henkers berührt wird. Nun hat Meister Martin, von dem voranspringenden Hund geführt, einen Weg durch eine Lücke im Gemäuer ins Innere des Kirchenbaus gefunden. Mit lautem Bellen fordert Fang seinen Herrn auf, ihm zu folgen.

„Der Hund ist Dieben auf der Spur!“ Etwas Besseres fällt Martin Schwaner nicht ein. „Diebe? Und die sollen sich ausgerechnet hier unter den

Augen unserer frommen Bruderschaft verbergen?" Gottfried Sprenger zieht die Brauen hoch. Er hat etwas in seinem Gedächtnis nachgekramt und den Henker erkannt. Welcher Narr wäre so verrückt, einen Henker zu bestehlen. Jeder weiß doch, dass es für Spitzbuben ein übles Zeichen ist, wenn nur der Schatten des Henkers auf ihn fällt. Denn dieser Schatten hat dann Gewalt über ihn und sorgt dafür, dass er recht bald mit des Seilers Tochter Hochzeit hält, wie man in jenen Tagen den Tod am Galgen scherzhaft nannte. Und noch schlimmer ist es, wenn man sich am Eigentum des Henkers vergreift.

Mit wenigen Worten hat Martin Schwaner den Baumeister aufgeklärt und bittet ihn inständig, Melchior Rietberg, den Pfarrer, holen zu lassen. Wenn seine Ahnungen zutreffen, dann kann nur der Geistliche das Mädchen retten. Und während Gottfried Sprenger den rasch herbeieilenden Lehrjungen den Auftrag gibt, den Pfarrer zu suchen, ist Meister Martin bereits an der Tür zum Turm...

***

„Da schlag doch Gott den Teufel tot!", dröhnt die Stimme des Henkers durch die Turmstube. Mit einem Blick hat er die Situation erkannt. Die Mauer ist bereits so hoch gewachsen, dass nur noch das schreckensbleiche Antlitz des Mädchens zu sehen ist. Wie ein blindwütig angreifender Urstier stürmt Martin Schwaner mit erhobenen Fäusten auf die Männer los.

„Aufhören, ihr gottverdammten Heiden!", brüllt er und reißt den Mann, der gerade einen neuen Stein auflegen will, zurück. Der Schrei, den dieser ausstößt, kommt weniger von dem Fausthieb, den ihm der Henker mit der Wucht eines auskeilenden Pferdehufs verpasst, sondern von dem Stein, der sich im Herabfallen ausgerechnet seinen Fuß als Landeplatz ausgesucht hat.

„Das hat euch der Teufel geraten!", brüllt der Henker in wildem Zorn. Martin Schwaner kennt den alten Aberglauben, dass etwas Lebendes ins Gemäuer muss und errät so das Schicksal des Mädchens, das er wie eine Tochter liebt. Die Wut lässt ihn vergessen, dass er hier honorige Bürger aus den ersten Familien der Stadt vor sich hat. Wie Dreschflegel wirbeln seine Fäuste und es ist ihm völlig egal, wohin sie treffen.

Aber viele Jagdhunde vermögen auch einen rasenden Wildeber zu reißen. Die Angegriffenen haben sich rasch gefasst und stürzen sich nun gemeinsam auf den Henker. Der geht unter dem gemeinsamen Angriff zu Boden. Sofort blitzen Messer auf, die man normalerweise mehr als Werkzeug oder Essgerät denn als Waffe trägt.

„Er ist vom Teufel besessen. Vom Teufel, der dem Hexenkind helfen will", stößt einer der Männer hervor. „Wir tun ein gottgefälliges Werk, wenn wir ihn töten". Harte Fäuste reißen Martin Schwaner empor und halten ihn fest. Drei Messer sind zum Stoß auf sein Herz gezückt.

„Und wir tun ein gottgefälliges Werk, indem wir euch von der Sünde des Tötens abhalten", grollt es vom Eingang her aus der Kehle von Henning Gerlach. Hinter ihm drängen sich einige handfeste Maurer und Steinmetze in die Kammer. Bevor die Messer ihr Ziel finden können, haben die Bauleute zugegriffen. Und ihr Griff ist mindestens so schmerzhaft wie die Daumenschrauben, die ein Folterknecht anlegt. Klirrend fallen die Messer zu Boden. Und während sich genügend Fäuste finden, den wohledlen Herren auf recht schmerzhafte Art den Weg aus der Kirche zu weisen, reißen einige Maurer rasch einen Teil der Mauer nieder, bevor sich der Mörtel festigen kann.

Aufatmend nimmt Martin Schwaner sein Pflegekind in die Arme, während Fang, der Hund, vor Freude winselnd an den beiden emporspringt.

***

„Ich werde versuchen, in meiner nächsten Predigt am Sonntag gegen diesen Aberglauben zu wettern", erklärt der Pfarrer, den man erst gefunden hat, als Sonjas Entführer sich bereits in ihren Häusern verkrochen haben. Denn die erzürnten Bauleute haben sie so kräftig verprügelt, dass jeder von ihnen wohl einige Tage das Bett hüten muss. Doch sonst wird die Sache für die Männer des Gewerks kaum ein Nachspiel haben. Jetzt haben sich alle in der Bauhütte, die den Männern als gemeinsamer Ess- und Schlafraum dient, zusammengefunden. Und Sonja hat auf Bitten Meister Gottfrieds eine Suppe gekocht, die man sonst nur an Festtagen reicht. Aber die Bauleute sind nicht arm und die Lehrjungen haben von allen Zutaten, die ihnen Sonja genannt hat, reichliche Mengen gebracht. Zumal sich an den Rinderknochen noch genügend Fleisch befand, dass es auch für Fang, den treuen Hund, mal ein richtiger Festtag wird. Sogar etwas von dem teuren Pfeffer aus den Ländern der Mohren hat das Mädchen gefunden und das Essen damit richtig würzen können.

Die Suppe wird mit hölzernen Löffeln von Tontellern gegessen und der Teller danach mit abgebrochenen Brotstücken ausgewischt, so dass nichts verdirbt. Das Essen, das sonst von den Lehrjungen zubereitet wird, hat allgemeinen Anklang gefunden.

„Eine solche Magd müsste unserem Gewerk folgen und täglich für uns kochen", vernimmt Gottfried Sprenger das Flüstern der Gesellen in der Runde. Und da durchzuckt seinen Kopf ein Plan, den er kurz mit Henning Gerlach abspricht. Denn ihm ist klar, dass sein Gewerk jetzt, da man einige der ersten Bürger von Lichtenau jämmerlich verprügelt hat, hier nicht mehr gern gesehen sein wird.

„Was geschieht nun mit dem Mädchen?“, will Meister Gottfried nach dem Essen wissen. „Was soll mit ihr geschehen. Sie wird der Hexenprobe unterworfen. Und da stirbt sie – so oder so.“ Die Stimme des Henkers klingt düster. Und Sonja an seiner Seite, deren Gesicht nach dem überstandenen Schrecken wieder etwas Farbe angenommen hat, erbleicht erneut. Ihr Schicksal scheint unabänderlich zu sein.

„Es ist sicher das Beste und auch in eurem Sinne, hochwürdiger Herr“, beginnt Gottfried Sprenger seine Rede, „wenn wir diese Arbeit einem anderen Gewerk lassen. Wir werden nach Erfurt gehen, um uns dort beim Bau des Domes zu verdingen. Ich werde die Angelegenheit nachher mit dem Bürgermeister regeln – auch die Entlohnung“, setzt er hinzu.

Die abwehrenden Entgegnungen des Pfarrers sind, das erkennt der Meister vom Stuhl sofort, nur der Höflichkeit halber gespielt. Melchior Rietberg weiß genau, dass der Abzug der Bauhütte die beste Lösung ist, um den Frieden innerhalb der Mauern zu wahren. Denn die Geprügelten werden, wenn sie sich vom Schmerzenslager erholt haben, auf Rache sinnen.

„Kannst du noch anderes kochen als diese Suppe, Mädchen?“, fragt der Meister dann die Rote Sonja und die Gesellen horchen auf.

„Oh ja, gütiger Herr!“, nickt das Hexenkind. „Ich weiß gar vieles zu kochen und zu sieden. Auch zu backen und zu braten verstehe ich. Und zu nähen, zu flicken und...“ Die Worte sprudeln nur so aus ihr heraus, als sie aufzählt, was ihr die Pflegemutter alles beigebracht hat. Und Martin Schwaner nickt bestätigend dazu.

„Willst du mit uns kommen und unserem Gewerk den Haushalt führen?“ Was für eine Frage, die der Meister da stellt. Das bedeutet, dass Sonja von hier fortgehen und weiterleben kann. Schon zwei oder drei Wegstunden von hier weiß niemand mehr, dass die Rote Sonja ein Hexenkind ist. Gottfried Sprenger spürt, wie der Henker seine Hand nimmt und in Dankbarkeit drückt.

Nach den Sitten der damaligen Zeit ist ihm ein solcher Handschlag eigentlich streng verboten, weil der Henker einem unehrlichen Gewerbe nachgeht. Aber der Herr der Bauhütte lässt es geschehen weil er weiß, dass auch ein Henker nicht unbedingt ein schlechter Mensch sein muss und er sein schreckliches Amt meist nur ungern ausführt. Doch ist er dazu gezwungen, weil bereits sein Vater das Amt des Scharfrichters innehatte und ihm somit jedes andere ehrliche Handwerk versperrt ist.

„Aber die Hexenprobe!“, stößt der Pfarrer hervor. „Der Abt des Klosters von Hersfeld...“

„Sie soll das Vaterunser hersagen“, unterbricht ihn Gottfried Sprenger. „Keine Hexe kann das Gebet aussprechen, das uns der Herr Jesus selbst gelehrt hat. Nun, Sonja, kannst du dieses Gebet sprechen?“

Mit leichtem Zittern in der Stimme spricht das Mädchen das Gebet.

„Und nun, hochwürdiger Herr, bringt eine geweihte Hostie mit dem Leib des Herrn. Wenn sie das Brot des Lebens zu essen vermag ohne es auszuspeien, hat sie die Hexenprobe bestanden. So jedenfalls wird es jenseits des Rheins bei den Flamen gemacht“, setzt Meister Gottfried hinzu. Es tut nichts, dass er sich das alles eben erst hat einfallen lassen. Wichtig ist nur, dass es der Pfarrer akzeptiert und an den Abt des Klosters Hersfeld weiter meldet. Und diese „Hexenprobe“ wird das Mädchen auf jeden Fall überleben.

Als das ganze Gewerk zwei Tage später weiter zieht, sitzt Sonja ohne die Kette am Bein hinten auf dem Wagen mit dem Gepäck und winkt ihren Pflegeeltern ein letztes Lebewohl zu. Und ein kleiner, schwarzer Hund läuft fröhlich bellend hinterher...

© Helen 2003

# Die Liebe der Gänsemagd

„Willkommen, Herr Götz! Das ist schön, dass ihr euch nicht scheut, dem Landmann bei seinem Fest die Ehre zu geben.“ Mit ausgebreiteten Armen kommt Eberwein Flachkopf, der Dorfschulze von Unterrieden, den beiden Reitern entgegen, die ihre Pferde zügeln und sich aus den Sätteln schwingen.

„Wenn ein guter Trunk zu haben ist, dann besucht der Rittersmann auch die Kirchweih auf dem Dorf“, ruft Gottfried von Salmen lachend und schüttelt die dargebotenen Hände des Bauern mit kräftigem Druck. „Zumal es bei euch auf der Kirmes immer recht ausgelassen zugeht.“

„Diesmal sind sogar die Spielleute von Witzenhausen gekommen, um uns den Reigen aufzuspielen. Da wird es heute noch lustig werden“, verrät Eberwein Flachkopf. „Doch wer ist der junge Herr da an eurer Seite?“

„Ei, solltest du meinen Sohn Volker nicht wieder erkannt haben?“, wundert sich der Ritter. „Nun ja, er ist erst vor einer Woche aus der Residenz in Kassel zurückgekehrt, wo er Knappe des Herrn von Immighausen war. Weil er bei einer Fehde einige ganz außergewöhnliche Heldenstücke geleistet hat, wurde er vom Landgrafen selbst auf dem Schlachtfeld zum Ritter geschlagen. Und das, obwohl er erst sechzehn Jahre zählt.“

„Der Junge schlägt dem Alten nach“, brummt der Dorfschulze, der weiß, dass der Ritterschlag erst mit 21 Jahren üblich ist. „Er gleicht euch nicht nur im Wuchs, sondern offensichtlich auch im Heldentum, Herr Gottfried. Als ich ihn das letzte Mal sah, war er noch ein Kind.“

„Ich wurde, wie in unseren Kreisen üblich, mit sieben Jahren an den Hof des Grafen von Waldeck gesandt, wo ich bis zu meinem vierzehnten Lebensjahr Page war“, sagt der Jüngling bescheiden. „Danach nahm mich Herr Georg von Immighausen als Knappe und ich zog mit ihm an den Hof des Landgrafen. Ob ich den Ritterschlag vor der Zeit verdient habe, kann ich nicht sagen. Aber jetzt bin ich in den Dienst des Landgrafen getreten. Und der hat mich hierher gesandt, um an der Seite meines Vaters auf Burg Ludwigstein Dienst zu tun.“

„Wir sind froh, dass diese Burg erbaut wurde.", nickt der Dorfschulze. „Denn der Hansteiner auf der anderen Seite der Werra ist ein arger Raubritter, der vorher die Salzstraße unsicher machte und die Bauern diesseits und jenseits des Flusses drangsalierte. Aber jetzt, wo der Ludwigstein steht und der Landgraf eine tüchtige Besatzung hineingelegt hat, wagt sich der Hansteiner nicht mehr so oft aus seiner Behausung. Er weiß recht gut, dass er wegen Straßenräuberei in Witzenhausen am Galgen baumelt, wenn er gefasst wird."

„Wohl, er mag hängen. Aber nur, wenn er von der Witzenhäuser Stadtgarde erwischt wird", grinst Gottfried von Salmen. „Wenn wir ihn erwischen, wird ihn Herr Dedo von Breuna an den Hof nach Kassel senden. Das ist seine Pflicht als Ministeriale und Befehlshaber der landgräflichen Truppen auf dem Ludwigstein. Und unser allergnädigster Landesherr wird auf eine billige Hinrichtung verzichten, wenn er von der reichen Hansteiner Familie ein stattliches Lösegeld für ihn bekommen kann."

„Nun, das ist Politik, wovon der Bauersmann nichts versteht!", winkt Eberwein Flachkopf ab. „Heiß ist's und der Durst tut weh. Folgt mir also zu den Tischen und zum Trunk..."

***

Gebannt schaut Volker von Salmen zu, wie die Burschen und Mädchen des Dorfes zum Klang von Fiedeln, Gamben und Lauten und dem Takt einer Trommel den Reigen tanzen. Am Hof des Landgrafen tanzt man anders. Langsamer und gesitteter sind die Tänze bei Hofe, mehr ein gemessenes Schreiten mit ernster, ausdrucksloser Miene, mit einer gesetzten Verbeugung nach hierhin oder dorthin. Hier beim Landvolk aber wird im Reigen gesprungen, gescherzt und gelacht. Ja, und da gibt es einen Tanz, das „Küssesüßchen", bei dem sich Tänzer und Tänzerin sogar flüchtig mit den Lippen berühren. Alles ist eitle, sprudelnde Lebensfreude. Die Ernten in den letzten drei Jahren waren gut und der Landgraf achtet stark auf zu ungerechte Übergriffe seiner Lehnsherrn. Mit unnachsichtiger Strenge schreiten seine überall unerkannt durchs Land ziehende Beamten ein, wenn ein Grundherr den Bauern mehr nimmt, als es Rechtens ist. Wer wollte es dem Landvolk übel nehmen, dass es heute, am Tage wo einmal die Dorfkirche geweiht wurde, froh und glücklich das Fest der Kirchweih, die Kirmes, feiert. Der harte Alltag mit den Mühen und Plagen des entbehrungsreichen Landlebens holt sie morgen gewiss schon wieder ein.

Nach dem zweiten Humpen Bier hat Volker schon die einfachen Schritt- und Sprungfolgen der bäuerlichen Tänze begriffen. Er ist sicher, dass sein Vater nichts dagegen hat, wenn auch er hier einmal in den Reigen tritt. Nur gilt es der Höflichkeit halber hier darauf zu achten, ein Mädchen zu finden, das nicht bereits einem Burschen versprochen ist. Denn wie in Adelskreisen, so werden auch bei den Bauern von den Vätern sehr früh Hochzeitsvereinbarungen für die Kinder getroffen. Ob die damit einverstanden sind, tut nichts zur Sache. Und ob sie sich später mögen oder gar lieben, ist völlig bedeutungslos. Wichtig ist nur, dass die Äcker zueinander passen. Sie werden sich im Verlauf der Ehejahre schon aneinander gewöhnen.

Volker weiß also, dass man vorsichtig sein muss, wenn man einer Dorfschönheit den Hof macht. Erst im letzten Jahr haben einige Junker vom landgräflichen Hof in Kassel versucht, bei der Kirmes im nahen Dorf Wehlheiden den Mädels den Kopf zu verdrehen. Aber statt einem „Erlebnis der niederen Minne" sind die feinen Herrensöhne von den Kirmesburschen mit den Wagenrungen, den Stützen vom Aufbau eines Leiterwagens, windelweich geprügelt worden. „Wir können unsere Hühner selber treten!", hat man den Flüchtenden hohnvoll nachgerufen. Und der Landgraf hat nur gelacht, als ihm das zu Ohren kam. Volker wird also Ausschau nach einem Mädchen halten, dass bisher noch von keinem der Burschen in den Reigen gezogen worden ist.

Da, das Mädchen mit dem leicht gewellten, nussbraunen Haar und dem einfachen, aber sauberen Kleid aus himmelblauem Leinenstoff, das steht die ganze Zeit abseits und betrachtet mit großen Augen das lustige Treiben. Keiner der Burschen ist zu ihr gegangen, um ihre Hand zu nehmen und sie zum Tanz zu führen. Sein Vater ist mit Eberwein Flachkopf und einigen Bauern in ein Gespräch vertieft und scheint überhaupt nicht zu bemerken, dass sein Sohn aufsteht und hinüber zur Linde geht, hinter der die schöne Unbekannte halb verborgen das muntere Treiben beobachtet.

„Gott Grüß euch, schönes Fräulein!" Volker von Salmen zieht sein Barett und macht eine Verbeugung wie vor einer Hofdame der Landgräfin. Das Gesicht des Mädchens ist wie mit Purpurfarbe übergossen. „Dank für euren Gruß, Herr Ritter", sagt sie dann mit leiser Stimme. „Doch ich bin kein Fräulein von Stand und Adel, das man so anspricht." „Aber gewiss doch die Tochter eines Mannes vom frommen Adel, der die Felder bebaut und das Korn wachsen lässt", gibt Volker zurück. „Der Liebe Gott lässt das Korn wachsen. So lehrte es mich die Mutter, als sie noch lebte. Doch die ist nun schon seit mehr als zehn Jahre im Himmel, wo der Vater, ein armer Holzhauer, der von einem niederbrechenden Stamm erschlagen wurde, auf sie gewartet hat."

„Und du, schönstes Kind? Zu wem gehörst du jetzt?", fragt Volker von Salmen nach einer Weile und ohne sich dessen bewusst zu sein, nimmt er die Hand des Mädchens. Sie hat ein schmales Gesicht, eine kleine, süße Stupsnase und einen kirschroten Mund mit zwei Reihen perlweißer Zähne. Und jetzt spürt der junge Ritter, wie ihre rehbraunen Augen auf ihm ruhen und sein bartloses Gesicht zaubert ein Lächeln hervor. Er hat blaue Augen und sein bis auf die Schultern fallendes Haar die Farbe von reifem Stroh. Nur über der Stirn zieht sich eine kleine Narbe, die noch nicht verheilt ist. Ein Andenken an das letzte Gefecht, nach welchem ihm der Landgraf noch auf dem Schlachtfeld zwischen Toten und Verwundeten den Ritterschlag erteilte.

„Auf dem Hof vom Bauer Freimann lebe ich", sagt das Mädchen mit leiser Stimme. „Aber ich bin nicht freien Standes, wie ihr, Herr..." Ihre Stimme bricht ab. Sie ist ein einfaches Mädchen und noch nie hat sich einer der hohen Herrn herabgelassen, mit ihr, der Leibeigenen eines Freibauern, zu reden.

„Volker von Salmen, der euch für den heutigen Tag Ritterdienste bietet", stellt sich der Jüngling mit einer weiteren höfischen Verbeugung vor. „Ritterdienst mir", kichert das Mädchen leise, „mir, der Lene? Der Gänsemagd...?"

***

Drei Wochen sind ins Land gezogen. Drei Wochen, in denen sich Gottfried von Salmen nicht genug wundern kann, warum sein Sohn immer wieder allein ausreiten will, um die Salzstraße zu überwachen. Normalerweise tut das ein Trupp von zehn Berittenen. Aber Volker von Salmen will unbedingt immer alleine reiten. Und dann ist er meist den ganzen Nachmittag fort.

„Ein einzelner Reiter sieht genau so viel wie zehn Mann", hat Dedo von Breuna, der Kommandant des Ludwigstein, dafür eine Erklärung. „Für unseren Auftrag, das Raubnest jenseits der Werra zu überwachen, ist das nur von Vorteil. Der Hansteiner wird einen einzelnen Reiter nicht wahrnehmen und glauben, dass wir in unserer Wachsamkeit nachlassen. Vielleicht erwischen wir ihn auf diese Art..."

Keiner der beiden Männer ahnt, dass Junker Volkers Ritt nicht allzu weit führt. Genau genommen jedes Mal nur in die Gegend von Unterrieden. Und während die Gänse in irgendwelchen Tümpeln plantschen oder auf den Wiesen Gras rupfen, liegen zwei junge Menschen wohl versteckt im Schilf oder im Gebüsch und haben sich viel zu erzählen.

Und nach einiger Zeit haben sie noch anderes zu tun als nur zu reden...

***

„Nein, Vater! Das verweigere ich!", stößt Volker von Salmen trotzig hervor, als ihm der alte Gottfried befiehlt, offiziell um Adelheid von Breuna, der ältesten Tochter des Burgherrn, zu werben.

„Du hast nichts zu verweigern, mein Sohn!", grollt Ritter Gottfried und schmettert den Zinnkrug auf den Eichentisch, dass das Bier über den Rand schwappt. „Ich habe mit Dedo von Breuna bereits alles abgemacht. Er wird dafür sorgen, dass du hier auf dem Ludwigstein die Befehlsgewalt bekommst, wenn er in zwei Jahren zurück an den Hof nach Kassel geht. Was hast du dagegen zu setzen, wenn sich dir das Amt eines Burgherr bietet?"

„Meine ... meine Liebe!", kommt es leise von den Lippen des jungen Ritters. „Deine... was?" Gottfried von Salmen glaubt, sich verhört zu haben. Hat sein Sohn da eben was von Liebe geredet? Sollte er gar irgendwo einem Mädchen den Kopf verdreht haben, ohne dass er, der Vater, das weiß? Nun, es schadet nichts, wenn sich die jungen Böcke vor der Zeit etwas die Hörner stutzen. Aber in Adelskreisen muss das enden, wenn es dem Vater gelungen ist, eine standesgemäße und für die Familie einträglich Heirat zu vereinbaren.

„Ich liebe sie, Vater. Ich weiß ganz genau, dass ich sie liebe!" Die Stimme Volkers wird fester und beginnt fast trotzig zu klingen. „Wen? Wen liebst du, mein Sohn? Diese ... diese junge Dirne, mit der du den ganzen Abend auf der Kirmes getanzt hast?", fragt er dann, in seinen Erinnerungen kramend, voll unheilschwangerer Ahnungen. Der Jüngling nickt, ohne ein Wort zu sagen.

„Da schlag doch Gott den Teufel tot!" Der Tonteller mit den Resten des Abendessens zerklirrt an der Wand. „Mein Sohn liebt ein Mädchen vom Lande. Weißt du denn überhaupt, was sie ist?" „Natürlich", nickt der Jüngling. „Die Gänsemagd auf Bauer Freimanns Hof." „Die Dirne gehört zwar zu Freimanns Gesinde – aber sie ist nicht mal freien Stands!", grollt der Vater. „Ich habe schon Erkundigungen eingezogen, als ich dich den ganzen Abend mit ihr tanzen und hinter den Bäumen verschwinden sah. Ihre Eltern waren Leibeigene des Herrn von Hanstein. Als der Vater beim Holzfällen umgekommen war, hat sie der Hansteiner, der gerade mal wieder Geld brauchte, mit ihrer Mutter an Bauer Siegmund verkauft. Als Freibauer hat er das Recht, sich solcherart Gesinde zu halten."

„Das alles hat mir die Lene schon gesagt, Vater!", sagt Volker mit fester Stimme. „Aber ich meine, dass kein Mensch das Eigentum eines Menschen sein darf. In der heiligen Schrift..."

„Pfaffengeschwätz!", poltert der Ritter. „Freie und Unfreie hat es zu allen Zeiten gegeben – und wird es immer geben. Und dein Feinsliebchen ist gar die Leibeigene eines Bauern. Wie tief willst du eigentlich gesellschaftlich sinken, Junge. Darunter geht es eigentlich nur noch, wenn du einem Zigeunermädchen oder einer Judendirn schöne Augen machst..."

„Die Lene liebt mich genauso wie ich sie liebe!", erklärt der Jüngling mit Bestimmtheit. „Und mit oder ohne Eure Einwilligung, ich werde mit ihr am Altar vor Gottes Angesicht die Hände ineinander legen!"

„Das möge der Teufel verhüten...!", brüllt der Vater in höchster Erregung und schmettert die geballte Faust auf den Eichentisch.

Eine weitere Woche ist vergangen. Gottfried von Salmen ist im Auftrag des Burgherrn nach Kassel unterwegs, um dem Kämmerer des Landgrafen die Abrechnung vorzulegen. Der Alte ist ohne Gruß an seinen Sohn gerritten. Seit jenem Abend sind sie sich, so gut es in der Burg möglich ist, aus dem Wege gegangen. Volker führt weiter seine Ritte durch und niemand hält ihn zurück. Dass man hinter seinem Rücken tuschelt, will er nicht wahr haben. Gerade als Volker jetzt zu Pferd steigen will, kommt eine Magd über den Burghof gelaufen und bittet ihn, in die Kemenate seiner Mutter heraufzukommen.

Die Mutter ruft. Nun, da gibt es kein Zögern. Aber man wird es so kurz wie möglich machen, damit seine Magdalene, die Volker zärtlich „Schön-Lene" nennt, nicht allzu lange auf ihn warten muss.

Edelgard von Salmen ist trotz ihres Alters immer noch eine sehr attraktive Frau. Sie geht dem eintretenden Sohn entgegen und küsst ihn erst auf die Stirn, dann auf den Mund. Mit weicher Stimme, in der viel Gefühl mitschwingt, bittet sie ihren Sohn, von dem Mädchen zu erzählen, das er liebt. Erst stockend, dann immer flüssiger, beginnt der Jüngling zu berichten. Frau Edelgard lässt ihn reden und stellt nur zwischendurch immer mal eine Frage.

„Wir haben geredet ... und ... ja wir haben uns auch geküsst", stößt der junge Ritter trotzig hervor, als die Mutter nun wissen will, was die beiden Liebenden denn an den Nachmittagen auf der Gänseweide so getrieben haben. „Geredet? Geküsst? Und sonst nichts?" Die Mutter sieht ihren Sohn von der Seite an. Und da gesteht Volker, dass da noch etwas war, das sie gemacht haben. Und das nicht nur einmal.

„Und deshalb muss ich jetzt eilends zu ihr, Mutter", drängt der Junge. „Denn meine Lene scheint krank zu werden. Seit einigen Tagen klagt sie über Übelkeit und Erbrechen ohne zu wissen, woher es kommen könnte. Wenn das vielleicht eine unbekannte Krankheit ist ... so etwas wie die Pest ...", setzt er mit ernster Besorgnis in der Stimme hinzu.

„Beruhige dich, Volkerlein!" Die Mutter sieht ihren Sohn ganz liebevoll an. „Ich kenne diese Krankheit. Die ist vorüber, wenn die Welt im nächsten Lenz aufblüht..."

***

„Nein, guter Herr! Lasst mich bitte! Ich fürchte mich vor der Hexe!", keucht Magdalena und windet sich in den Armen des Bauern, der sie mit roher Gewalt in den Wald schleppt. Das Mädchen hat der Bäuerin von ihrer „Krankheit" erzählt und weder die gestrenge Herrin des Hofes noch der Bauer selbst brauchten noch viele Fragen zu stellen. Ganz klar, die Lene bekommt ein Kind. Von wem, ist völlig uninteressant. Das Mädchen soll arbeiten. Und das kann sie nicht, wenn sie schwanger ist. Also muss das Kind weggemacht werden. Und die alte Ortrud im Wald, die sich auf Kräuter und Heiltränke versteht, weiß genau, wie man so etwas anstellt. Sie hat das Wissen der Ahnen von ihrer Mutter erfahren und kuriert die Leute mit mehr Erfolg als der Medicus drüben in der Stadt Witzenhausen. Die Zeit der großen Hexenverfolgungen sind noch fern und so kann die alte Ortrud ungehindert ihre Tränklein brauen und ihre Latwergen mischen.

Die Hütte der Ortrud ist an einen Felsen herangebaut. Sie ist mit einer dahinter liegenden Höhle verbunden, in deren Decke sich ein Spalt befindet, durch den der Rauch des Feuers abziehen kann. Magdalene zittert wie Espenlaub, als sie der Bauer mit roher Gewalt hinter der alten Frau her in die Hütte und die dahinter liegende Höhle zieht.

Neben der Feuerstelle, auf deren Glut noch einige Flammen hüpfen, liegt ein Fuchs, der seinen Schlaf nur unterbricht, um sich die Neuankömmlinge einmal zu betrachten. Flügelschlagend und heiser krächzend landet eine Krähe auf der Schulter der Alten.

„Ich werde den Trank, der ein Kind wegnimmt, nur mischen, wenn es das Mädchen so will“, mümmelt die alte Ortrud durch die rissigen Lippen ihres vom Alter zerfurchten Gesichts, das von langem, strähnigem Grauhaar bedeckt ist. „Die Dirn hat nichts zu wollen!“, knurrt der Bauer. „Ich bin ihr Wille. Sie ist eine Leibeigene und gehört mir. Genauso wie meine Pferde, meine Rinder...“

„Und vielleicht auch deine Frau, Bauer?“, fragt die Alte spöttisch und Siegmund Freimann verschluckt den Rest seiner Worte. Doch es wird noch einige hundert Jahre dauern bis sich die Erkenntnis durchsetzt, dass Besitzrecht dort seine Grenzen hat, wo die Menschenwürde beginnt.

„Es ist eine Sünde gegen Gott und die Kirche, ein Kind abtreiben zu lassen“, setzt die alte Frau dann in tiefem Ernst hinzu. „Ich mache so etwas nur, wenn ein Mädchen, das sich einem Mann hingegeben hat, in ihrer Verzweiflung zu mir kommt, weil der einstige Geliebte seine Liebesschwüre vergessen und sie verlassen hat.“

„Er liebt mich aber ... der junge Herr von Salmen“, weint Magdalene. „Das hat er mir gesagt.“ „So, das hat er gesagt.“ Ironie klingt aus der Stimme der alten, erfahrenen Frau. Auch sie war einmal jung und hat an die große Liebe geglaubt. Doch was erst so süß war wie Honig, wurde bitter wie die Baumrinde, die man in Hungerszeiten ins Brotmehl mischt. „Und er hat mich sogar gefragt, ob ich seine Frau werden will...“, schluchzt die Gänsemagd. „Närrchen! Kleines Närrchen! Ein Ritter und eine Leibeigene. Das passt doch nicht zusammen“, zischelt die alte Ortrud und die Krähe auf ihrer Schulter krächzt und wedelt mir den Flügeln. „Nun, ich kann dich jetzt verstehen Bauer. Du meinst es sicher nur gut mit dem jungen Ding, das einfach nicht begreifen will, dass man dem Liebesschwur eines Ritters nicht trauen kann. Komm übermorgen und bring sie mit. Dann werde ich tun, was ich vermag."

„... und übers Jahr wollen wir heiraten", sind die Worte der kleinen Lene kaum zu vernehmen.

***

„Ich schwöre euch beim heiligen Georg, dem Schutzpatron aller Reitersleute, dass ich die Wahrheit sage, Herr Ritter", stößt Robert hervor. Volker von Salmen kennt den ungefähr zwölfjährigen Jungen aus den Geschichten, die seine Lene von ihm erzählt hat. Robert ist Pferdejunge auf dem Freimannhof und ebenfalls ein leibeigener Waise. Die Lene ist für ihn wie eine große Schwester gewesen. Zufällig hat Robert alles gehört, was der Bauer seiner Frau vom Besuch bei der alten Ortrud erzählt hat. Und da ist er so schnell wie möglich zum Ludwigstein gelaufen, damit der junge Herr seine Lene retten kann. Natürlich wird Robert vom Bauern Dresche bekommen, weil er weggelaufen ist. Aber das will er gern auf sich nehmen, wenn nur der Lene nichts geschieht.

Volker von Salmen wird es gleichzeitig siedend heiß und eisig kalt als er erfährt, dass er Vater eines Kindes werden wird. Magdalene, seine Lene, das Mädchen, das er mehr liebt als ein Prälat die heilige Jungfrau Maria, die Frau, mit der er das Leben teilen will – sie bekommt ein Kind. Er wird einen Sohn haben. Einen Sohn – oder eine Tochter. Alles gleich. Die Lene und er – sie werden ein Kind haben.

„Kennst du die Hütte der alten Ortrud?" Volker ist aufgesprungen und hat das Schwert mit dem Gehänge von der Wand gerissen. Dann wirft er sich den Umhang über die Schulter und stülpt sich das Barett auf. „Ja, Herr. Ich kann euch den Weg weisen, wenn ihr mich mit aufs Pferd nehmt."

„Nein, Robert! Du bleibst hier. Denn wenn der Bauer erfährt, dass du mir alles gesagt hast, wird er dich schlimm bestrafen", sagt Volker mit sanfter Stimme. „Beschreibe mir nur genau, wo die Hütte liegt. Und dann lass dich von einer der Mägde zur Kemenate von Frau Edelgard führen. Sie ist meine Mutter. Berichte ihr alles, was du weißt."

***

„Es geht nicht an, dass unser Sohn sich mit einer Leibeigenen verbindet!", grollt Gottfried von Salmen und rennt in der Kemenate auf und ab wie ein Bär im Käfig. Der Ritter ist vor einer guten Stunde zurückgekommen und schon im Stall hat man ihm gesagt, dass ihn Frau Edelgard sofort zu sehen wünscht. „Zumal die Verbindung mit denen von Breuna eine vorzügliche Partie ist. Von dem Posten als Befehlshaber auf dem Ludwigstein mal ganz zu schweigen ...", setzt der Ritter brummig hinzu.

„Götz! Mein lieber Götz!“ Edelgard von Salmens Stimme klingt süß wie träufelnder Honig. „Was hast du denn gegen ein Mädchen aus dem Volk einzuwenden, wenn unser Sohn es liebt und wieder geliebt wird. Und sei es auch eine Gänsemagd. Niemand kann etwas für das Haus und das Bett, in dem er geboren wird. Nur die Liebe zählt...!“

„Das mag in den Städten so sein. Vielleicht auch beim einfachen Landvolk. Aber wir, die Leute von Stand und Adel, wir dürfen uns nur unter uns selbst verbinden. Wir sind unseren Familien und der Tradition verpflichtet.“

„Und dennoch ist ein gewisser Rittersmann mit einer Frau aus einem bürgerlichen Haushalt sehr glücklich geworden“, sagt Edelgard mit sanfter Stimme und legt dem alten Ritter ihre Hände auf die Schulter. „Ich denke, du weißt sehr genau, wen ich meine.“

Oh ja, das weiß Gottfried von Salmen nur zu genau. Fast achtzehn Jahre sind es jetzt her, da hat er als fahrender Ritter unten im Fränkischen reisenden Kaufleuten das Geleit von Nürnberg nach Bamberg gegeben. Und in dieser Stadt hat er sich in die älteste Tochter eines Kupferschmiedes verliebt, der seine Werkstatt genau gegenüber von dem Gasthof hatte, in dem der Ritter abgestiegen war. Nun, der ehrbare Handwerksmeister hatte nichts gegen die Verbindung und die Heirat. Für ihn war es ein Esser weniger an seinem Tisch. Wegen dieses Mädchens ist Ritter Gottfried dann für einige Zeit in den Dienst des Erzbischofs von Bamberg getreten und als er zurück in die Heimat zog, war die Frau an seiner Seite durchaus standesgemäß und für seine Familie akzeptabel. Die Adelsurkunde mit dem Wappen, die Götz von Salmen in der Kanzlei des Erzbischofs fälschen ließ, hat ein gehöriges Stück Geld gekostet. Doch der Schreiber seiner Eminenz hat vorzügliche Arbeit geleistet und der Kanzler selbst hat die Siegel darunter in Wachs geschnitten und die Unterschrift des Erzbischofs nachgeahmt. Kein noch so kluger Herold würde den Trug erkennen und die Echtheit der Urkunde anzweifeln. Und deshalb weiß hierzulande niemand, dass Edelgard von Salmen eigentlich die Tochter eines Kupferschmiedes ist. Nicht einmal ihrem Sohn hat sie es bis jetzt offenbart. Doch in dieser Situation hat sie es gewagt, ihren Eheherrn wieder einmal daran zu erinnern.

„Hat man nicht auch in der landgräflichen Kanzlei in Kassel Schreiber, die solch ein Dokument für eine Hand voll Dukaten ausstellen können, lieber Götz? Bedenke, es geht um das Lebensglück unseres einzigen Kindes“, fragt sie und sieht, wie es in den Augen des Ritters verdächtig feucht wird. Dann nickt er ohne ein Wort zu sagen. Und so bekommt Gottfried von Salmen nach langer Zeit wieder einmal einen Kuss von seiner Frau.

Erst da bemerken sie beide, dass die Tür zur Kemenate geöffnet wurde, ohne dass sie es festgestellt haben. Den Jungen im einfachen, braunen Leinenkittel haben sie noch niemals gesehen. Doch der hat alles gehört. Und mit seinem wachen Geist hat er aus den wenigen Worten, die gewechselt wurden, erkannt, dass Volkers Vater jetzt seine Meinung geändert hat. Wie ein Wasserfall sprudeln seine Worte und einige Atemzüge später sind Götz von Salmen und seine Frau im Bild. „Ich kann euch hinbringen, wenn ihr mich vor euch aufs Pferd nehmt, Herr Ritter“, ruft der Junge eifrig. „Aber ihr müsst euch eilen, sonst ist es zu spät!“

„Geh, schwing dich aufs Pferd, Götz, und reite“, flüstert Edelgard ihm ins Ohr. „Reite und rette unseren ungeborenen Enkel!“

***

„Sauf das Zeug oder ich werde dich windelweich prügeln und dir die Brühe dann in den Schlund schütten, Dirne!“, grollt der Bauer und hält Magdalena den Becher mit einem übelriechenden, dampfenden Sud hin, den die alte Frau aus einem kleinen Kessel geschöpft hat.

„Trink, mein Kind!“ Die Stimme der alten Ortrud klingt weich. „Es wird dir nicht schaden. Es ist kein Gift, sondern Medizin. Du wirst nachher kaum etwas spüren.“

„Aber er hat doch gesagt, dass er mich heiratet!“, stöhnt Magdalene. „Dann hat doch mein Kind einen Vater!“

„Im Märchen – ja, im Märchen, da heiratet der König am Ende die Gänsemagd“, knurrt der Bauer. „Aber die Wirklichkeit, in der wir leben, sieht anders aus. Da wollen die feinen Herrschaften hübsch unter sich sein. Die Bauerndirne ist gut genug, ihr den Kopf zu verdrehen, um mit ihr Beilager zu halten. Aber wenn's ans Heiraten geht, dann muss es ein Edelfräulein sein.“

„Ein Rittersmann hält niemals sein Wort, das er einem einfachen Mädchen gegeben hat“, setzt die alte Ortrud hinzu. „Er bricht ihr Blümlein und wenn er hat, was er wollte, dann verschwindet er. Mag das dumme Ding doch zusehen, was es mit dem Überbleibsel einer Liebesnacht anfängt. Aber das“, damit sieht sie den Bauern mit scharfem Blick an, „machen nicht nur die feinen Herrn, sondern auch die Bauersleute. Jeder Bursche verspricht dem Mädchen, mit dem er ins Heu geht, dass er es auch heiratet. Und wir dummen Weibsbilder glauben ihnen und lassen uns von ihren Worten betören.“

„Volker hat mir sein Ritterwort gegeben, mich vor den Altar zu führen!“, ruft Magdalene. „Was ist schon ein Ritterwort...“, höhnt der Bauer. Doch er bricht ab, als vorn die Tür des Hauses aufgestoßen wird. Mit raschen Schritten durchmisst Volker von Salmen den Raum und betritt die Höhle. Magdalene stößt einen Jubelschrei aus.

„Ein Ritterwort ist wie ein Schwur!“, klirrt die Stimme des jungen Ritters durch die Höhle. „Weg mit dem Sud, der mein ungeborenes Kind tötet.“

Entsetzt schreit die Krähe und breitet die Flügel aus, während der Fuchs aufspringt und knurrend die Zähne zeigt.

„Du hast kein Recht auf sie. Die Lene gehört mir und ist mir zu eigen", brüllt der Bauer. „Ich kann auf meinem Hof keine unnützen Esser dulden. Verschwinde von hier, Junker. Dein Feinsliebchen hat zu arbeiten. Und das kann sie nicht, wenn sie ein Kind austrägt." Mit einem Sprung ist er bei dem Mädchen und entreißt ihr den Becher. „Gehorche und sauf den Sud!", stößt er mit harter Stimme hervor und versucht, der widerstrebenden Lene den Trank in den Mund zu schütten. Volker von Salmen sieht, dass das Mädchen keine Möglichkeit hat, sich gegen die urwüchsige Kraft des Bauern zu wehren. Er hat nur eine Möglichkeit zu verhindern, dass der zerstörerische Trank durch Magdalenes Kehle fließt.

Wie hingezaubert liegt der Dolch in seiner Hand. Ein Schwirren in der Luft, dann trifft die Messerklinge den Tonbecher in der Hand des Bauern und lässt ihn zerplatzen. Siegmund Freimann röhrt wie ein waidwunder Hirsch, als ihm das heiße Gebräu die Hand verbrennt.

„Her zu mir, Lene!" Mit einem Sprung ist der Ritter heran. Und bevor der Bauer begreift, was geschieht, vergräbt sich die Faust des Jungen in seinem Magen. Siegmund Freimann schnappt nach Luft und beugt sich nach vorn über. Die halb ohnmächtige Lene entgleitet dabei dem Griff seiner starken Faust. Sofort hat Volker das Mädchen hinter sich geschoben, baut sich vor dem zusammengekrümmten Bauern auf und nimmt Maß. Im halben Kreisbogen rast seine Faust von unten nach oben und explodiert an der Kinnspitze des Gegners. Siegmund Freimann scheint fast zwei Fuß zu wachsen, verdreht die Augen und über sein Gesicht gleitet ein Ausdruck überirdischer Fröhlichkeit. Dann stürzt er wie eine gefällte Eiche zu Boden.

Die alte Ortrud stößt ein meckerndes Lachen aus. Man sieht ihr an, dass sie froh ist, dass der junge Ritter rechtzeitig gekommen ist, um einzugreifen. Ihre feinen Sinne spüren, dass hier zwei junge Menschen zueinander gefunden haben, die das Schicksal seit Anbeginn füreinander bestimmt haben.

Liebe. Ja, das ist sie, die wahre und reine Liebe. Nicht so, wie sie die Kreuzpriester von den Kanzeln predigen, sondern eine Liebe, wie sie einst Freya, die huldreiche Göttin aus der fernen Heidenzeit, den Sterblichen geschenkt hat. Und in der Sprache der Ahnen, die schon lange vergessen ist, murmeln die Lippen der alten Frau geheimnisvolle Worte. Segenssprüche sind es, mit denen schon die Altvorderen den Schutz der Götter auf ein junges Paar herabriefen.

„Ich liebe dich, Magdalena!", hört sie den jungen Mann reden, der den zitternden Körper des Mädchens in seine Arme nimmt. „Morgen, schon morgen werde ich mit dir vor den Altar treten, damit unser Kind ehrlich zur Welt kommt."

„Aber wo sollen wir leben? Und wovon sollen wir leben?", kommt von ihr die leise Frage. „Du bist doch auf dem Ludwigstein zu Hause und..." „Ich sage den Dienst auf. Wir gehen nach Witzenhausen", erklärt Volker mit fester Stimme. „Bei der Stadtwache ist die Stelle eines Hauptmanns frei geworden. Man sucht dort einen Ritter, der sie einnimmt. Ich denke, der Rat wird mich akzeptieren."

„Aber deine Familie!", wagt Lene weiter einzuwenden. „Wenn es sein muss, zerbreche ich mein Wappenschild und werde Bürger von Witzenhausen", erklärt Volker von Salmen entschlossen. „Stadtluft macht frei. Und wenn der Bauer beim Rat der Stadt Ansprüche auf dich stellt, weil du seine Leibeigene bist, dann weiß ich in Witzenhausen einen Juden, der mir das Geld leiht, um dich frei zu kaufen. Wir werden als ehrbare Bürgersleute in der Stadt leben. Sag mir nur, Lene, dass du mich liebst."

„Ja!", haucht Magdalene. Und: „Ja!", ruft sie dann mit glockenheller Stimme und ihre Lippen treffen sich zu einem Kuss, der nicht enden will.

„Herr Wotan walte eurer Wege eines langen Lebens und Frau Fricka befreunde euch in Treue alle Tage!", segnet die alte Ortrud mit erhobenen Händen das junge Paar.

***

„Den Hieb hätte ein Bauer nicht besser ausführen können, Herr Götz!", knurrt der Bauer. „Euer Junge hat richtig Kraft. Ein ganzer Mann, dem ich für diesen Hieb nicht gram bin. Auch wenn mir zumute ist, als hätte mich der auskeilende Huf eines Pferdes getroffen."

Ritter und Bauersmann stehen vor der Kate der alten Ortrud, die ihnen alles erzählt hat. Das Licht des vollen Mondes lässt den Reiter erkennen, der sein Ross in nördlicher Richtung traben lässt. Volker von Salmen hat seine Lene vor sich auf den Sattel gehoben und den Arm um sie gelegt. Gemeinsam reiten sie ihrer Zukunft entgegen.

Die beiden Männer sehen sich in die Augen und nicken sich dann zu. Keiner von den beiden denkt daran, sich aufs Ross zu schwingen und dem jungen Paar nachzureiten. Die Worte, die ihnen die alte Ortrud noch gesagt hat, haben den harten Sinn des Bauern gewandelt. Wie er das natürlich zu Hause seinem Weibe klar machen muss, dass künftig die Gänsemagd in der Wirtschaft fehlt, ist eine andere Sache. Zumal er auch noch einen neuen Stallburschen braucht. Denn den Robert hat ihm der Ritter eben für einen Dukaten abgeschwatzt. Der soll bei Götz von Salmen der neue Knappe werden.

„Werdet ihr jetzt euern Sohn von euch stoßen, Herr Ritter?“, fragt der Bauer nach einer Weile. „Ich denke doch, es ist euer einziger Erbe.“

„Nun, ich werde dem jungen Fant etwas Zeit geben, sich bei der Witzenhäuser Stadtwache zu bewähren und das Leben eines freien Bürgers zu genießen“, überlegt der Ritter laut. „Über Jahr und Tag werde ich hinreiten und mit ihm reden. Wenn er mit Frau und Kind dann in der Stadt bleiben und ein Bürgerlicher werden will - dann ist es seine freie Entscheidung. Kehrt er aber in den Schoß der Familie zurück - nun, nur wenige wissen von der Gänsemagd. Der Rest ist eine Frage von Pergament und den richtigen Siegeln.“

„So wird die Gänsemagd zwar keine Königin, aber doch die Frau eines tapferen Ritters“, lacht Siegmund Freimann. „Auch wenn sie eine Leibeigene war...“

„Ihr sollt um nichts geschmälert werden, wackrer Bauersmann“, unterbricht ihn der Ritter. „Ich denke, wir werden uns auch über den Preis für die Lene einig. Immerhin wird sie ja meine Schwiegertochter.“ Der Preis, den der Bauer fordert, hat zwar den Wert von drei Milchkühen, ist aber durchaus akzeptabel.

„Komm in drei Tagen auf den Ludwigstein, um das Geld für sie und den Buben in Empfang zu nehmen“, sagt der Ritter dann. Es hat den dreifachen Handschlag gegeben, wie er beim Pferdehandel üblich ist. Damit ist Magdalene schon jetzt eine freie Frau und Roberts erster Dienst als Knappe wird es sein, nach Witzenhausen zu reiten und es dem jungen Paar mitzuteilen.

„Was soll ich mich den Berg hinauf auf die Burg plagen. Kommt ihr besser zu mir am nächsten Neumond“, lädt der Bauer mit Herzlichkeit ein. „Denn dann ist auf meinem Hof Schlachtefest. Und ich denke, so gute Kost wie beim Bauern gibt es nicht mal an der Tafel eines Ritters.“

„Nicht mal an der Tafel des Landgrafen!“, lacht Gottfried von Salmen und schlägt in die dargebotene Rechte des Bauern ein...

©Helen·2003

# Markttag

„Ful, uff!“, dröhnt eine laute Stimme vom Turm der Sankt Martinskirche. Ein Turm, der immer noch nicht vollendet ist, weil dem Rat der Stadt das Geld ausgegangen ist. So ist die Glocke, die in einem Holzgestell auf der obersten Plattform schwingt, eines der Wahrzeichen, an denen man die Residenzstadt erkennt. Denn in Kassel, so wissen reisende Handwerksburschen überall zu berichten, hängt die Glocke höher als der Turm ist.

„Ful, uff!“ Eigentlich müsste es ja in der gebräuchlichen Kaseläner Mundart „Dä Fulen, uff – ihr Faulen, auf!“ heißen. Doch damals, als die Stadt belagert wurde und der Wächter auf dem Turm sein Horn vergessen hatte, ist dem braven Mann nichts anderes eingefallen als das „Ful, uff“. Und weil man damals tatsächlich so rasch aus den Federn auf die Mauern gekommen ist, um den Feind abzuschlagen, hat der wohlweise Stadtrat von Kassel verfügt, dass vor jedem Hornstoß vom Turm, mit dem der neue Tag ausgerufen werden soll, das „Ful, uff“ zu ertönen hat.

Für die Leute, die in der Nähe der Stadttore wohnen, hätte der Türmer nicht zu rufen brauchen. Denn hier drängen sich schon seit einer guten halben Stunde die Wagen der Bauern, die Handkarren der Gemüsegärtner im Umkreis und die Frauen aus den umliegenden Dörfern, die in großen Tragekörben selbstgezogenes Obst, Gemüse, Käse, Honig und Produkte ihrer Handarbeiten herangetragen haben. Denn heute ist Markttag in der Residenzstadt Kassel. Und wer zuerst da ist, kann auch einen Platz einnehmen, der ihm zusagt. Natürlich muss man schnell sein, bevor der Marktmeister auf dem Platz erscheint. Denn der hat seine ganz eigene Art, die Stände zu vergeben.

Dumpf brummen die Schläge vom Turm der dem heiligen Cyriakus geweihten Pfarrkirche in der Altstadt. Von der anderen Seite des Flusses her geben die Glocken von Sankt Magdalenen in der unteren Neustadt Antwort. Dazwischen wimmern die Glöckchen vom kleinen Spitzturm der Klosterkirche der Karmeliter und von der kleinen Sankt Nikolauskapelle an der Fuldabrücke. Und auf dieser steinernen Brücke, auf deren drei Pfeilern man jeweils ein

Haus errichtet hat, findet sich eine weitere Kuriosität, welche die Residenzstadt der hessischen Landgrafen berühmt gemacht hat. Man leitet nämlich auf ihr Wasser von einem Stadtteil in den anderen, wo Mangel herrscht. Und so heißt es überall, dass in Kassel das Wasser nicht nur unter der Brücke, sondern auch darüber läuft.

Knarrend werden die Stadttore aufgetan. Durch das Markttor und das Zwehrentor drängen sich Wagen, Karren und Menschen in die Stadt, nachdem man mit säuerlicher Miene einen oder mehrere Heller für den Einlass zum Markt an die Stadtwache abgeben musste. Doch die Männer mit den Spießen am Tor lassen trotz allen Jammerns nicht mit sich reden. Wer drin in der Stadt Geld verdienen will, der muss vorher zahlen. Für die Einzelperson einen, für einen Wagen bis zu fünf Heller. Dass die Stadtkasse davon nur einen Teil bekommen wird, weiß jeder. Und wo der Rest Geld hinkommt, das wissen am Abend die Schankwirte, bei denen die Männer der Stadtwache rüstig zechen werden. So fließen die Heller eben auf Umwege ins Stadtsäckel. Denn die Genehmigungen, um in Kassel Bier oder gar Wein auszuschenken, lässt sich der Rat der Stadt recht gut bezahlen.

Der Markt für Lebensmittel findet üblicherweise auf dem Platz vor dem Rathaus statt, während Kaufleute, die mit ihren Wagen auf der Durchreise sind, ihre Waren auf dem großen Platz vor der Martinskirche feilbieten. Hier geht es wesentlich gesitteter zu als unten in der Altstadt, wo jeder mit lautem Geschrei seine Ware anpreist und man sein eigenes Wort nicht verstehen kann. Wie könnte man in diesem Tohuwabohu die feinen Tuchstoffe aus Flandern, die kunstvollen Waren aus dem Norden Italiens oder gar kostbare Gewürze feilbieten? Seit die Stadt über ihre ersten Mauern hinausgewachsen ist und der damals neue Stadtteil, genannt „Die Freiheit“, inzwischen innerhalb eines neuen Mauerringes liegt, hat man die Möglichkeit, hier fernab vom eigentlichen Gedränge und Marktgezänk die feineren Geschäfte abzuwickeln. Hier werden Kaufmannswaren aus aller Herrn Länder und feines Kunsthandwerk feilgeboten und die Männer und Frauen der gehobenen Klasse dieser Stadt sind eigentlich nur hier zu finden. Unten, auf dem Altmarkt vor dem Rathaus, mögen sich die Dienstboten und das Hauspersonal durch die Menge drängen und die notwendigen Einkäufe erledigen.

Kaum sind sie durch das Tor gerollt, peitschen die Bauern ihre Pferde, so dass die Tiere erschrocken vorwärtsspringen und die Wagen durch enge und winklige Gassen zum alten Marktplatz zerren. Ein mit grobem Bruchgestein gepflastertes Areal, das außer durch die umliegenden Häuser vom Kloster der Karmeliter und dem in gotischem Stil errichteten Rathaus abgegrenzt wird. Geschickt werden die Tiere so gelenkt, dass die Wagen an einer günstigen

Stelle neben einer Gasse, die zum Markt führt, anhält. Kaum bleibt Zeit, die Pferde auszuspannen und durch den mitgebrachten Knecht in den Hinterhof einer Schänke schaffen zu lassen, als schon die Gemüsegärtner mit ihren Karren eintreffen. Nun gilt es, den eroberten Platz zu verteidigen. Denn die Gärtner bilden eine Zunft für sich und schaffen es auch, wenn man nicht aufpasst, gemeinsam einen der schweren Bauernwagen beiseite zu schieben und den Platz zu besetzen. Da heißt es, auf der Hut sein.

Natürlich kann man die Angelegenheit notfalls mit einigen Ohrfeigen oder Fausthieben regeln. Doch wenn das der Marktmeister oder einer seiner Büttel sieht, dann kann es üble Folgen haben. Schon manch ein braver Bauersmann oder auch ein Gärtner hat einen oder mehrere Nächte im Druselturm verbracht, bis jemand kam, der die auferlegte Geldbuße für ihn bezahlen konnte. Die Weiber dagegen schließt man, wenn sie sich in die Haare geraten, gemeinsam für den Rest des Tages öffentlich in den Block. Da können sie dann unter dem Hohn und Spott der Bevölkerung nebeneinander sitzen, sich gegenseitig weiter angiften und hoffen, dass die anderen Frauen aus ihrem Dorf ihre Waren mitverkaufen.

Schon sind zwei Gärtner mit einem Bauern aus dem Dorf Zwehren aneinander geraten. Der brave Mann ist schon kurz nach Mitternacht mit zwei Nachbarn aus seinem Dorf losgefahren, um auf der in südlicher Richtung angeblich bis an den Main nach Frankfurt führenden Straße die Stadttore von Kassel noch bei Morgengrauen zu erreichen. Durch den Regen in den letzten Tagen ist das, was man hier und jetzt Straße nennt, aufgeweicht und die Pferde sind bereits erschöpft, als sie den Anstieg erreichen, der hinauf zum Zwehrentor führt. Wie üblich werden die Pferde der anderen Wagen ausgespannt und als Vorspann angeschirrt, damit die Wagen überhaupt oben ankommen. Dann führt man die Tiere zurück und zieht so auch noch die anderen Wagen nach oben. Dass die Wache am Tor aus eigener Gnade und Machtvollkommenheit plötzlich sechs Heller von ihm fordert, hat die Laune des Bauern auch nicht gerade gebessert. Und jetzt kommen diese beiden Grünhöcker, die ihre Karren nur von der anderen Fuldaseite herüberzuziehen brauchen, weil ihre Gärten direkt vor den Toren der Unterneustadt in der Nähe des Fackelteiches liegen und wollen ihm den Platz streitig machen.

„Wullt dä dich vom Acker machen!“, ranzt er die Gärtner in der Mundart seines Dorfes an, die man auch in der Residenz recht gut versteht. „Mäh sin hier – un hier bliewen mäh au!“

„Aber ich bin Bürger dieser Stadt! Und als Bürger habe ich gewisse Rechte!“, begehrt einer der Gärtner auf. „Das Interesse eines Stadtbewohners geht doch wohl vor dem eines Sch...“ Er bricht ab, als er den Zorn aus den

Augen des Bauern wie Blitze schießen sieht. Er hat es gerade noch verhindern können, dass ihm das Wort „Scheß-Bure – Scheiß-Bauer" nicht herausgerutscht ist.

„Zwähren geht värr, du ahle Kanalmade!", brüllt der Bauer und meint damit, dass Zwehren, sein Heimatdorf, eben überall vorgeht. „Un wenn de mäh jetzt was von Scheß-Buren sprechen witt, dann klopp ich däh eins uffn Dassel, dass de glaubst, der heilige Josef spricht däh Gute Nacht und de heilijen zwölf Apostel färr ne Räuwerbande hälst!"

Der „Jungeichene" auf den sich der Bauer bisher gestützt hat, schwebt empor und kreist wie ein Falke über dem Haupt des erschrockenen Gärtners. Doch niederfallen tut er nicht. Denn ein Pfiff, den irgend jemand auf zwei Fingern vollführt hat, lässt den „Jungeichenen" in der Hand des Bauern sofort wieder zum harmlosen Spazierstock werden.

Jeder auf dem Markt weiß, was dieser Pfiff bedeutet. Ab jetzt ist das Drängeln um die besten Plätze vorbei. Die Ordnungsbehörde des Stadtrates ist erschienen. Ab jetzt gilt es, den Anordnungen des Marktmeisters Folge zu leisten.

Georg Schönfeld versieht dieses Amt schon seit mehr als zwanzig Jahren und ist im Verlauf seiner Amtsgeschäfte eisgrau geworden. Viele der Männer und Frauen, die sich jetzt auf dem Platz drängen, hat der kleine, untersetzte Mann mit dem schlohweißen Vollbart noch als Kinder gesehen. Es gibt kaum einen der Marktleute, den er nicht gut kennt. Und zwar mit all ihren Schwächen und Vorzügen.

Der Marktmeister trägt einen langen, mit Fuchspelz abgesetzten Talar von dunkelblauer Farbe. Auf dem eisgrauen Haar liegt ein Barett, an dem zwei bunte Hahnenfedern prangen. Georg Schönfeld ist, wenn er es sein darf, ein Gemütsmensch. Aber er kann auch hart und unerbittlich sein, wenn es ihm notwendig erscheint.

Die beiden Ratsbüttel, die ihm folgen, tragen die Kleidung der Stadtwache. Statt der Hellebarden haben sie jedoch kurze Schlagstöcke in den Händen und Stricke am Gürtel, um einen ertappten Dieb oder sonstigen Missetäter sofort zu binden. Außerdem tragen sie ein kurzes Horn um den Hals, mit dessen Klang sie rasch Verstärkung herbeirufen können.

„Wenn ich das noch mal sehe, Wilhelm, dass du den Marktfrieden brechen willst, kostet es einen Dukaten oder du kommst acht Tage ins Loch", fühlt sich der Zwehrener Bauer vom Marktmeister angesprochen.

„Du host awer s Isen noch nit geschlaachen, Schorsche!", versetzt der Bauer und senkt schuldbewusst den Kopf. Er meint damit die Eisenbarre, die unter dem Vorbau des Rathauses hängt und auf die der Marktmeister mit einem Metallstab schlägt. Erst, wenn das Eisen geschlagen ist, darf der Markt beginnen. Und wenn um die Mittagszeit das Eisen wieder geschlagen wird, hat aller Verkauf zu enden.

„Wäre das Eisen schon geschlagen, wäre der Dukaten auch fällig gewesen“, schmunzelt Georg Schönfeld, den fast die halbe Stadt nur mit einem gut kasselänerischen „Schorsche“ anspricht. „Der Rat der Stadt braucht schließlich Geld und fragt nicht lange, wie es hereinkommt. So, und nun wollen wir mal Maß nehmen, wie groß dein Wagen ist, um die Marktgebühr auszurechnen.“ Sofort beeilt sich der Bauer, die Deichsel des Wagens emporzustellen. Denn das Marktgeld wird nach der Größe des Platzes, der beansprucht wird, berechnet. Ist die Deichsel noch herunter, wird dieser Platz selbstverständlich mitberechnet. Dem gilt es rasch vorzubeugen, Hat der Marktmeister erst einmal seine Elle angelegt, dann ist es zu spät. Und wer dann nicht zahlt, der muss den Platz sofort verlassen.

„Nun sieh mal da. Da ist ja noch ein Plätzchen für die beiden Gärtner“, stellt der „Schorsche“ fest, als die Wagendeichsel in den Himmel ragt. „Nun, dann zieht eure Karren hier herüber und vertragt euch mit dem Wilhelm. Ihr wisst doch, wer Streit anfängt, zahlt oder kommt ins Loch.“

„So kannst du mit uns nicht umgehen, Marktmeister“, protestiert der andere Gärtner, der erst vor kurzem aus dem Dorf Kaufungen in die Stadt gezogen ist und sich nun, weil er jetzt der Residenzstadt wohnt, für was Besseres hält. „Ich kenne den Herrn Bürgermeister.“

„Ich kenne dn Henner au!“, fällt der Marktmeister jetzt in den gemütlichen Dialekt der Stadt. „Hä is min owerster Dienstherr. Mäh hon schon manchen Schoppen gestochen und mancher Flasche dn Hals abgedreht! Musst hiede Owend moh in den Ratskeller kommen – do is hä dann au und sufft!“ Auf diese Worte hin zieht es der Gärtner vor, zu schweigen und auch zu zahlen, was der Marktmeister an Standgebühr von ihm verlangt...

***

Georg Schönfeld nimmt es meist nicht so ganz genau mit der Berechnung, wenn es um die Größe des Standplatzes geht. Jedenfalls nicht, so lange man brav den geforderten Betrag herausrückt und nicht mit ihm zu handeln versucht. Und selbstverständlich ist auch die „Frau Marktmeisterin“ allen jedem hier bestens bekannt. Es versteht sich, dass man ihr immer einen besonders günstigen Preis macht oder einiges drauf gibt, damit auch beim nächsten Markttag der Stand von ihrem Eheherrn recht christlich bemessen wird.

Bei den Frauen, die mit ihren Kötzen, wie man die Tragekörbe aus Weidengeflecht nennt, lange Strecken zurücklegen müssen, um ihre Sachen aus den Dörfern der Umgebung auf den Markt zu tragen, ist der „Schorsche“

besonders großzügig. Er kennt sie alle und wenn die Wirtschaft zu Hause mal besonders schlecht geht oder die Kinderschar wieder einmal zugenommen hat, dann lässt sein gutes Herz die Standgebühr auch schon mal um die Hälfte sinken. Zwar hat es deswegen in den Ratssitzungen schon heftige Diskussionen gegeben, weil die Gilde der Kaufleute solches nicht gelten lassen will, aber der Bürgermeister ist ein Freund des einfachen Volkes und lässt keine Gelegenheit aus, sich bei Festen leutselig unter die Menge zu mischen. Und es ist allbekannt, dass er dabei auch gern mit den Bürgern, egal ob aus der Altstadt, aus der unteren Neustadt oder aus der Freiheit, einen zünftigen Trunk nimmt, um zu erfahren, wie die allgemeine Stimmung in der Stadt ist. Und so nimmt der Bürgermeister seinen Marktmeister auch stets in Schutz. Er weiß ja, dass er das, was er den wirklich Bedürftigen nachlässt, im Allgemeinen von denen, die wirtschaftlich besser gestellt sind, wieder rein holt.

Eine halbe Stunde später ist der Markt geordnet. Der Marktmeister hat sich vor dem Rathaus aufgebaut und wartet darauf, dass ihm die Kirchenglocken die Zeit verkünden, zu der er den Markt eröffnen kann. Alles hat seine Ordnung. Alles ist geregelt. Hier stehen die Wagen der Bauern, zwischen denen die Karren der Gärtner ihren Platz gefunden haben. Dort haben die Bäcker und die Fleischer ihre Stände aufgebaut. An einer besonderen Ecke, direkt neben der Gasse, die zum Ufer der Fulda führt, stehen die Fischer, die den Fang der letzten Nacht in Körben gestapelt haben. Und an einem kleinen Tisch sitzen zwei Mönche vom Kloster Ahnaberg, die frische Kräuter und Heilpflanzen feilbieten. Die frommen Brüder verkaufen auch besondere Salben, Tinkturen und Latwergen, die bei Krankheiten Schmerzen lindern oder Heilung versprechen.

Alle Blicke liegen auf dem Marktmeister, der sich eben an einem Glas aufgewärmten Bieres labt. Schon haben die ersten Bürgersfrauen oder das Gesinde aus den Häusern der Wohlhabenden den Marktplatz betreten. Sie schimpfen wie die Rohrspatzen, dass noch nichts verkauft werden darf. Immerhin hat man sein Tagewerk vor sich und keine Zeit, hier herumzutrödeln. Was soll der Unsinn, zu warten, bis das Eisen geschlagen ist. Der frühe Vogel fängt den Wurm. Und so beginnt man in aller Heimlichkeit, schon mal die ersten Einkäufe abzuwickeln.

„Gib drei Heller“, fordert im Flüsterton ein Gärtner und schiebt einer Bürgersfrau einen Bund Möhren und eine Hand voll Äpfel in die bereitgehaltene Schürze.

„Und mir gibst du dann fünf Heller Strafe, weil du außerhalb der Marktzeit etwas verkauft hast.“ Auf dem Gesicht des Büttels, der sich unbemerkt angeschlichen hat, liegt ein breites Grinsen. Der Gärtner wird bleich wie der Tod.

„Aber die Strafe dafür beträgt doch nur vier Heller...“, wagt er zu protestieren.

„Sechs Heller werden es jetzt", schnarrt der Büttel, „und wenn ich die nicht rasch bekomme, werden es noch mehr..."

„Ich werde Beschwerde beim Stadtrat einlegen...", stößt der Gärtner hervor.

„Sieben Heller!" setzt der Gehilfe des Marktmeisters das Bußgeld hinauf. „Und nun überleg dir jedes weitere Wort, bevor es noch teurer wird. Bezahle und die Angelegenheit ist erledigt. Zahlen schafft Frieden!"

***

Für die Marktleute wie für die kauflustigen Bürger scheint es eine Ewigkeit zu dauern, bis die Glocke von der Pfarrkirche herab sieben Schläge brummt und der Marktmeister das Eisen schlägt. Sofort sind die Geschäfte im Gang. Und da man bereits an einigen Ständen die Preise durch gegenseitige Wechselrede schon vorher ausgemacht hat, geht der erste Verkauf sehr schnell.

Gemessenen Schrittes geht Georg Schönfeld über den Platz, um überall die Ware zu prüfen. Geschrei entsteht, als ein Dieb es wagt, eins von den Hühnern zu stehlen, die in Weidenkäfigen an einem der Bauernwagen hängen. Zu seinem Pech ist seine Flucht aber nach wenigen Schritten zu Ende. Im raschen Davonlaufen ist er auf dem Inhalt eines Nachtgeschirrs ausgeglitten, das man wie üblich aus dem Fenster heraus einfach auf die Straße entleert und auf den nächsten Regen hofft. Sofort ist der ihm nachsetzende Knecht des Bauern über ihm. Bei der Rangelei mit dem Dieb geht natürlich der Weidenkorb zu Bruch und mit fröhlichem Gackern rennt das Huhn durch die Gassen, gefolgt von dem Knecht, der den Dieb in die Arme der rasch herbeilenden Büttel geschoben hat.

Georg Schönfeld legt seine Stirn in Falten, als seine beiden kräftigen Gehilfen den Missetäter vor ihn bringen. Der junge Bursche trägt eine Kleidung wie eins der Herrensöhnchen am Hof des Landgrafen. Gewiss wohnt er oben in der Freiheit und ist der Sohn ehrbarer Eltern. Auf jeden Fall hat es so einer nicht nötig, ein Huhn zu stehlen. Mit zitternder Stimme gesteht der Junge, dass seine Tat eine Mutprobe sein sollte, um in einen geheimen Kreis von Knaben aus der besseren Gesellschaft aufgenommen zu werden.

Als Georg Schönfeld das hört, weiß er, dass er den Burschen nicht einmal laufen lassen kann, wenn sein Vater für ihn eine ordentlichen Geldbuße zahlt. Aber wenn er ihn jetzt zum Druselturm bringen lässt, wo ertappte Diebe auf ihre Aburteilung warten, kann es geschehen, dass man ihm, wie in diesen Tagen üblich, als Dieb die rechte Hand abhackt. Und das erscheint der guten Seele Georg Schönfelds denn doch zu arg. Da weiß er ein besseres Mittel, die Sache aus der Welt zu schaffen.

Schon liegt das Messer, das er am Gürtel trägt, in seiner Hand. Der jugendliche Dieb kreischt auf, als der Marktmeister sein rechtes Ohrläppchen ergreift und es mit einem raschen Schnitt spaltet. Jetzt wird jeder erkennen, dass er mal gestohlen hat. Und bei einem „Schlitzohr" ist man immer vorsichtig...

***

„Das Schwein, das du da am Haken hattest, muss richtig verliebt gewesen sein, Barthel", fühlt sich einer der Metzger angesprochen, nachdem der Marktmeister das Fleisch auf seinem Stand kritisch begutachtet hat. „Das, was von ihm übrig ist, das ist voller Sehnen", setzt er mit einer Wortspielerei hinzu. „Nur gut, dass du dem armen Tier mit deinem Messer ein langes Leiden erspart hast. Denn wenn ich das Fleisch, das du da auf dem Tisch liegen hast, so betrachte, wäre die arme Sau glatt verhungert."

Der Metzger wagt keine Widerworte. Natürlich hat der Marktmeister nicht unrecht. Aber die Ernte im letzten Jahr war alles andere als üppig. Und wo der Bauer selbst kaum zu Essen hat, bleibt nicht mehr viel für die Schweinemast. Doch es ist nicht verboten, auch solches Fleisch zu verkaufen. Dennoch ist es sicher besser, jetzt zu schweigen, bevor der Marktmeister den Stand ganz genau untersucht. Der brave Metzger weiß genau, dass da noch so einige Dinge zu finden sind, die der „Schorsche" sofort in die klingende Münze eines gesalzenen Bußgeldes umwandeln würde.

„Und nun wollen wir mal sehn, ob unser wohlachtbare Bäckermeister Hahnefeld diesmal die richtige Menge Mehl für sein Brot abgewogen hat." Der Angesprochene beginnt leicht zu zittern. Schon zweimal hat der Marktmeister festgestellt, dass die Brote zu leicht waren. Zweimal ist er mit einer Geldbuße davongekommen. Und deshalb hat er angenommen, dass der Marktmeister ihn jetzt einige Zeit in Ruhe lässt, um später wieder mit Bußgeldern anfangen zu können.

Rein rechnerisch ist es kein schlechtes Geschäft, wenn man die Brote etwas leichter macht. Wenn man alles zusammenrechnet, dann bleibt auf die Dauer der Zeit trotz der Bußgelder etwas übrig. Wird bei den Kunden dann das Gewicht beanstandet, dann erzählt man, dass dies durch ein neuartiges Backverfahren kommt, wie es jetzt in Frankreich üblich ist. Nicht nur die Kleidung, sondern auch sonst alles, was von Frankreich kommt, ist derzeit die große Mode.

Doch bei der gestrengen Prüfung durch den Marktmeister zählen keine solchen Ausreden, sondern nur das Gewicht der Ware. Neben dem Eingang zum Ratskeller, der gemütlichen Schank'stube unter dem Rathaus, steht die Stadtwaage, die für alle verbindlich ist. Wie bei den Waagen der anderen Städte im Hessenland auch werden ihre Gewichte einmal im Jahr von den Wiegemeistern des Landgrafen überprüft.

Bäckermeister Hahnefeld beginnt zu zittern, als sich der Teller mit dem Brot emporhebt, noch ehe der Marktmeister alle Gegengewichte aufgelegt hat.

„Deine Ware ist schon wieder zu leicht, Hahnefeld!“, grollt die Stimme Georg Schönfelds. „Ganze zwanzig Lot fehlen an einem Pfund. Du weißt, was das diesmal heißt!“ Und schon schleppen zwei Männer der Stadtwache einen eisernen Käfig herbei, während die beiden Büttel den sich verzweifelt aufbäumenden Bäcker fest im Griff haben.

„Bäckertaufe! Bäckertaufe!“, johlt das Volk. „Meister Hahnefeld will baden gehen!“ Bevor sich der Bäckermeister versieht, haben ihn die Büttel in den Käfig geschoben und die Tür hinter ihm zuklirren lassen. Den Schlüssel für das Schloss hat der Marktmeister. Einer der Gärtnerkarren, der fast ausverkauft ist, wird von Georg Schönfeld beschlagnahmt und leer geräumt. Kräftige Hände heben den Käfig mitsamt dem Bäcker darauf und unter dem fröhlichen Geschrei und Gejohle des Volkes wird der Karren auf die Mitte der Fuldabrücke geschoben.

An sich ist die Bäckertaufe eine entehrende Strafe wie der Pranger, an die man sonst die Marktfrevler kettet. Der Käfig wird an einem Seil in tiefes Wasser gelassen und mehrfach eine ganze Zeit lang untergetaucht. Der pudelnasse Bäcker ist danach nicht nur Zielscheibe allgemeinen Spottes, sondern steht in seinem eisernen Gefängnis unter Wasser auch Todesängste aus.

Kräftige Hände heben den Käfig samt dem angstkreischenden Bäcker über das Geländer der Brücke. Jeder ist nur begierig zu sehen, was diese um Erbarmen flehende Jammergestalt da unten in seiner Angst treibt. Und niemand achtet darauf, dass auch Hände da sein müssten, die das Seil halten, an denen der Käfig abgelassen und wieder raufgezogen wird.

Ein kräftiger Ruck, dann stürzt der Eisenkäfig ins Wasser der Fulda. Hoch spritzt die Gischt auf und schlägt darüber zusammen. Ein einziger Aufschrei des Entsetzens ertönt, als man erkennt, dass das Seil, von niemandem gehalten, wie eine Schlange über das Brückengeländer huscht und ebenfalls in der Tiefe verschwindet.

Unter der Brücke scheint das Wasser zu kochen. In seinem Eisengefängnis ist der Bäcker dem nassen Tode geweiht. Wohl springen einige der Fischer, die ihre Reusen am Ufer leeren, sofort ins Wasser. Doch die Kraft der Schwimmer reicht nicht aus, den schweren Eisenkäfig rasch aus den Fluten zu ziehen. Als es endlich gelingt, zwischen den Algen und Wasserpflanzen auf dem Grund der Fulda das Seil zu finden und den Käfig ans Ufer zu ziehen, hat das Herz des Bäckermeisters Hanefeld aufgehört zu schlagen.

Das fröhliche Markttreiben erstirbt. Kirchhofsruhe liegt über der Altstadt. Mit steinerner Miene geht Georg Schönfeld mit seinen Bütteln hinüber zum Rathaus, um sich dem Bürgermeister zu stellen und seine Tat zu verantworten. Aus der Klosterkirche der frommen Brüder vom Berge Karmel klingt der weihevolle Chor eines Requiems für die arme Seele, die ohne ein letztes Gebet und die Tröstungen der Kirche vor den ewigen Richter geladen ist.

Wer aber wird es der Frau Meisterin und ihren fünf Kindern sagen, dass der Ernährer des Hauses von ihnen gegangen ist...?

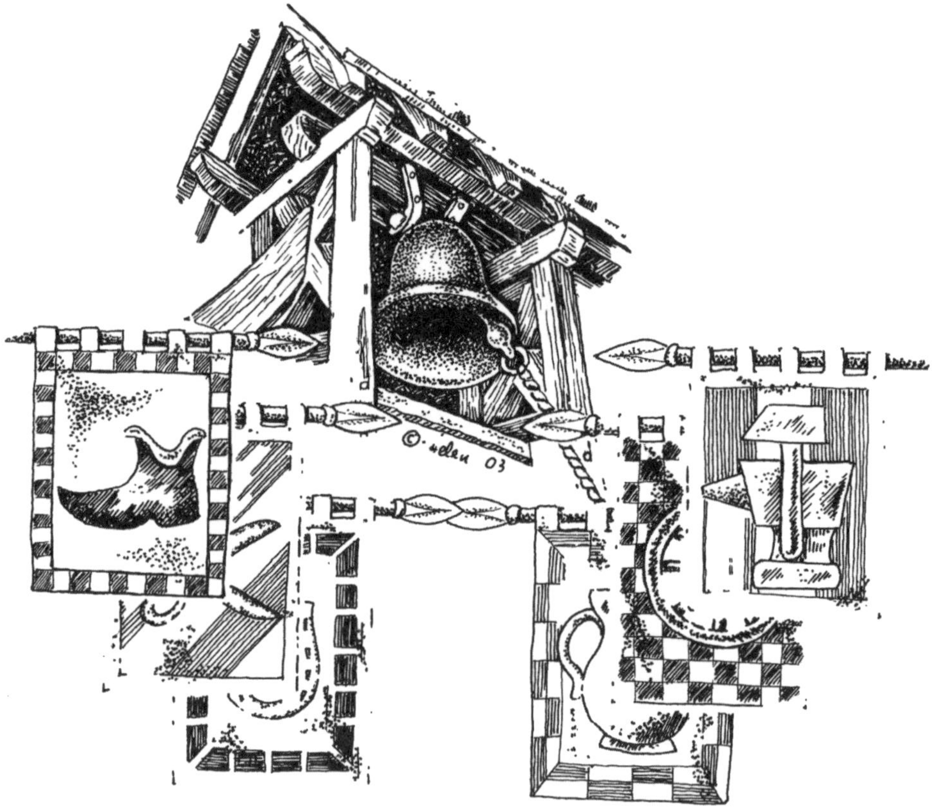

# Der Schwarze Tod

Die Stadt Frankenberg im Jahre des Herrn 1349. Der leichte Frühlingswind trägt die Melodie eines seltsamen Gesanges zu den Bauern herüber, die gerade dabei sind, letzte Hand an die Bestellung ihrer Felder zu legen. In den letzen Tagen hat es ausgiebig geregnet und nun bleibt zu hoffen, dass der gütige Himmelsgott die Sonne scheinen lässt, damit das Korn wachsen und gedeihen kann.

Seltsam und schwermütig ist der Gesang, der da zu den Bauern herüberdringt. Und ihre spähenden Augen sehen von Süden her eine große Anzahl Leute herankommen, die Fahnen in ihrer Mitte tragen. Doch Feinde scheinen es nicht zu sein. Denn Feinde rücken nicht mit Gesängen an, wie sie an Trauertagen in einer Kirche klingen.

„Wir ziehen hier der Geißel Weg – dass Gott uns uns're Sünd' vergeb!", ist jetzt ganz deutlich zu verstehen. Johannes Voltar, einer der letzten Freibauern dieser Gegend, dem die Felder in der Nähe der Bottendorfer Mühle gehören, hält die Zugochsen an und streicht sich gedankenvoll den Bart. Er hat schon von den Geißelbrüdern gehört, die überall durch das Land ziehen sich für ihre Sünden öffentlich selbst geißeln. Denn irgendwo im fernen Italien wütet eine Krankheit, die man die Pest nennt und gegen die es keinen Schutz gibt. Dass diese Krankheit aus dem fernen China kommt, wo sie bereits Millionen Menschenleben hingerafft hat und über die Seidenstraße und Konstantinopel nach Europa gelangte, wird man erst in einigen hundert Jahren feststellen. Und auch, dass diese Krankheit von den Flöhen übertragen wird, die den Ratten im Pelz sitzen, die überall herumhuschen. Dass die katastrophalen hygienischen Zustände jener Tage schuld daran sind, dass sich die Pest explosionsartig ausbreitet und ganze Städte und Landstriche entvölkert, ist nicht einmal den hochgelehrten Ärzten bewusst.

Eine Krankheit, die Arm und Reich gleichermaßen dahinrafft, den Bauern hinter dem Pflug wie den Handwerker in der Werkstatt oder den König auf seinem Thron zusammensinken lässt – das kann nur eine Strafe des Allmächtigen sein. Der Würgeengel der Apokalypse hat eine der Schalen mit dem

Zorn Gottes über der sündigen Menschheit entleert. Und die Geißler, so redet man, ziehen durch das Land, um die Menschen zu Umkehr und Buße aufzurufen, dass Gott sie vor dem Grauen der Pestilenz verschone. Doch wenn Johannes Voltar das alles, was so geredet wird, richtig mitbekommen hat, dann sind es gerade die Geißelbrüder, die dem Schwarzen Tod, wie man die Pest auch nennt, vorangehen.

Mit dröhnender Stimme ruft der Bauer seine Knechte herbei und erteilt seine Aufträge. Der Hof ist gut befestigt und den Knechten wird eingeschärft, niemanden mehr durch das Tor zu lassen als das bekannte Hausgesinde. Drei Knechte werden ausgesandt, die Nachbarn und die Dörfer ringsum zu warnen. Dann wird man sich hinter die Hofmauern zurückziehen und sechs Wochen abwarten. Bis dahin hat sich die Pest, wie man hört, an einem Ort ausgerast und zieht weiter. Vorräte hat man genug auf dem Hof und um das Wachsen des Korns kümmert sich jetzt der liebe Gott.

***

Vom Höhstock, dem höchsten Turm der Stadtmauer Frankenbergs, hat der Wächter den herannahenden Zug der Geißler ausgemacht. Noch sieht er alles verschwommen und er kann nicht erkennen, ob Freund oder Feind auf der Straße heranzieht, die durch die Linnerpforte direkt in die Altstadt von Frankenberg führt. Der Wächter holt tief Luft und stößt mit aller Kraft in das Stierhorn, das ihm sonst am Gürtel hängt. Vom Turm der Burg herab schmettert das Blech einer Trompete als Antwort. Also hat man auch auf der Burg, die mit ihren Mauern im Südwesten einen Teil der Stadtbefestigung bildet, den herannahenden Zug gesehen. Niklas Glockermann, der dort im Auftrag des Lehnsherrn als Amtmann sitzt, wird seine Waffenknechte in die Sättel jagen, damit sie feststellen, wer sich hier den Mauern naht.

Nach kurzer Zeit, die kaum drei Vaterunser beansprucht, wird das knarrende Burgtor aufgestoßen und die Hufe von acht Pferden stampfen durch die Straßen von Frankenberg dem Tor zu, das einst zu dem heute nicht mehr vorhandenen Dorf Linne führte. Innerhalb der Mauern müssen die Reiter ihre Tiere hier im Schritt gehen lassen, damit sie hier im vom Regen der vergangenen Tage aufgeweichten Lehm der Straße nicht ausgleiten. Zu diesem zähen Lehmbrei kommt noch der Dreck und Unflat in den Straßen, den man einfach aus den Fenstern geworfen hat, wie das in diesen Tagen in einer Stadt eben so üblich ist. Nur in der freien Reichsstadt Nürnberg gab es damals gepflasterte Straßen und der Rat der Stadt achtete scharf auf allgemeine Sauberkeit. Und deshalb ist Nürnberg auch die einzige deutsche Stadt, die stets von der Pest verschont blieb.

Als die Reiter den ankommenden Zug erreichen, sind die Geißelbrüder schon von der Stadtmauer her zu erkennen. Mehr als hundert Gestalten in schmutzigbraunen Kutten, deren Kapuzen tief ins Gesicht gezogen sind, singen unentwegt Lieder und schlagen sich im Takt mit Peitschen, in deren Riemen Dornen und eiserne Widerhaken eingeflochten sind, auf den Rücken. Es sind dürre, hohlwangige Gestalten mit ausgemergelten Körpern, wie die Reiter feststellen. Sie riechen, als habe ihr Körper seit der Geburt kein Wasser mehr an sich herangelassen und der Stoff ihrer Kutten starrt vor Dreck und getrocknetem Blut.

Zwischen ihnen gehen Mönche, deren Orden man weder an der Kutte noch an der Art, wie sie den Strick um die Hüften gegürtet haben, feststellen kann. Diese erscheinen jedoch wohlgenährt und im Gegensatz zu den Geißelbrüdern leiden sie offensichtlich keinen Mangel. Man wird wohl mal bei den frommen Brüdern im Kloster von Sankt Georgen nachfragen, ob der Papst zu Rom einen neuen Orden zugelassen hat. Drei dieser Mönche tragen die Fahnen und die anderen Brüder haben dicke, brennende Kerzen in den Händen.

„Wir können ihnen den Einzug in unsere Stadt nicht verwehren", erklärt Heinrich Ospracht von Münchhausen, der langjährige Bürgermeister von Frankenberg, seinen eiligst am Tor versammelten Ratsmitgliedern. „Sie kommen im Namen des Herrn. Also lasst uns ihnen Obdach und Speise für eine Nacht geben. Verweigern wir ihnen das, wird uns der Herr ganz sicher mit der Pest strafen. Dann wird der Schwarze Tod durch die Straßen unserer Stadt reiten..."

Doch der Bürgermeister ahnt nicht, dass der Tod bereits unsichtbar unter der Kutte der Geißelbrüder verborgen Einzug in Frankenberg hält...

***

Mehr taumelnd als vorwärts schreitend sind die Geißelbrüder durch das Tor gezogen. In abergläubiger Scheu hat ihnen das Volk, das sich überall in den Straßen neugierig zusammendrängt, den Weg zum Platz vor der Kirche „Unserer Lieben Frau" gewiesen. Was hier geschehen ist, hat selbst harte Gemüter erbleichen lassen.

Die frommen Büßer entblößten ihre Oberkörper, die mehr Totengerippen gleichen und auf deren Rücken Schorf und Eiter eine blutige Masse bildeten. Während sie wieder einen der schwermütigen Choräle anstimmten, peitschten sie mit ihren Geißeln das nackte, bereits zerschundene Fleisch. Und diesmal, das war zu sehen, schlugen sie richtig zu. Und noch während des Chorals sinken drei von ihnen vor Entkräftung in sich zusammen. Auf den Wink ihrer Handwerksmeister eilen kräftige Gesellen hinzu, um die ohnmächtigen Büßer in die nächsten Häuser zu schaffen.

„Jesus, der ward gelabt mit Gallen – deshalb woll'n wir zum Kreuze wallen!", klingt der schwermütige Choral der Büßer über den Platz.

„Diese frommen Gesellen geißeln sich an jedem Abend“, vernimmt der Bürgermeister die Stimme eines Mönches in seiner Nähe, der mit den anderen Kuttenträgern durch die Reihen der Anwesenden geht, um Geld einzusammeln. „Sie geißeln sich auch für euch und eure Sünden, ihr braven Bürger, damit euch der gütige Himmelsherr die Sünden nachlasse und vor der Pest verschone. Doch ist der Allmächtige nur gegen euch nachsichtig, wenn ihr fleißig Opfergaben spendet. Wer viel hat, der gebe viel. Wer wenig hat, der geben von dem Wenigen. Der Herrgott sieht in eure Herzen und weiß, ob eure Gabe ein Opfer war oder nicht.“

„Und was wird aus dem Geld, das wir hergeben?“, fragt eine Stimme aus dem Volk neugierig. „Der Erzbischof von Mainz bekommt es, damit für dieses Geld Hunderte von Messen gelesen und Kerzen gestiftet werden, damit sich der Zorn Gottes besänftige und er den Engel der Pest zurückrufe“, erklärt der Mönch salbungsvoll.

„So, so, der Erzbischof von Mainz“, zischt Heinrich von Münchhausen durch die Zähne. Da kommt er gerade an den Rechten. Denn der Hof des Erzbischofs ist für seine Pracht, die sich selbst ein Kaiser nicht leisten kann, berühmt. Dazu kommt, dass der Erzbischof in ständige Händel verstrickt ist. Besonders mit den Grafen von Waldeck liegt er in beständiger Fehde. Die Dörfer rings um Frankenberg bis hinauf nach Korbach können ein Lied davon singen, was geschieht, wenn die Scharen des Erzbischofs durch ihre Dörfer und Felder reiten. Kaum anzunehmen, dass seine „Scheinheiligkeit“ in Mainz von dem Geld, das hier gesammelt wird, Messen lesen oder Kerzen stiften lässt. Waffen wird er dafür kaufen und Kriegsleute anwerben, um das Waldecker Land endlich zu erobern. Aber das wissen die braven Bürger nicht und mancher abgesparte Heller fällt in die Tonschalen in den Händen der Mönche. Dass diese „frommen Brüder“ anschließend im Wirtshaus vorzüglich essen und trinken, während die ermatteten Geißler mit dem vorlieb nehmen, was ihnen mitleidige Bürgersfrauen hinaustragen, bestätigt nur den Verdacht des Bürgermeisters, dass man hier den braven Bürgern von Frankenberg gewaltig die Narrenschellen aufgesetzt hat.

„Nun hebet aufwärts eure Hände – dass Gott das große Sterben wende!“, endet der Choral der Geißelbrüder.

Dann beginnt einer der Mönche zu predigen. Er redet vom Jüngsten Gericht, das der Welt droht und kurz bevorsteht. Ein sicheres Zeichen, dass die letzten Tage der Welt angebrochen sind, ist die Pest. Ein Ausdruck des Zornes Gottes, weil es überall in der Welt Menschen gäbe, die noch im Unglauben verharren und nicht getauft sind. Selbst hier – in Frankenberg, gäbe es Männer, Frauen und Kinder, die nicht daran glaubten, dass Jesus

Christus der Sohn Gottes sei. Heinrich von Münchhausen erstarrt, als er diese Worte hört. Er hat von diesen Predigten schon vernommen. Und er weiß, was sie in anderen Städten ausgelöst haben.

„Sein Blut komme über uns und unsere Kinder – so haben ihre Vorväter damals gerufen, bevor der Heiland ans Kreuz geschlagen wurde“, ruft der Mönch mit lauter Stimme. „Und sie sind Feinde von Christum Jesum bis auf den heutigen Tag. Die Juden sind es, die den Zorn Gottes auf uns herabbeschworen haben. Sie fangen kleine Christenkinder, die sie in grausigen Ritualen schlachten, ihr Blut trinken und ihre Herzen essen. Die Juden sind aller Arten der Zauberei kundig und vergiften Brunnen. Und aus den von Juden vergifteten Brunnen steige der Atem der Pestilenz hervor...“

Die Zähne des Bürgermeisters mahlen aufeinander und seine Hände ballen sich zu Fäusten. Er hat gehört, dass Predigten dieser Art in anderen Städten scheußliche Judenverfolgungen hervorgerufen haben. Man hat die Häuser, in denen die Nachkommen des Volkes Israel wohnten, gestürmt und geplündert, die Bewohner herausgezerrt und auf dem Scheiterhaufen verbrannt, wenn sie die Taufe verweigerten. Auch hier in Frankenberg gibt es seit einiger Zeit wieder Juden, die jedoch kaum auffallen und höchst honorige Bürger sind. Selbst die frommen Brüder vom Sankt Georgenkloster sind der Meinung, dass Christen und Juden den gleichen Gott verehren. Mögen sie es einst an der Himmelspforte mit Sankt Petrus abmachen, dass sie Jesus Christus nicht als den Sohn Gottes angesehen haben. Und was die Kreuzigung des Heilands angeht, so haben spitzfindige Theologen herausgefunden, dass die Erlösung der Menschheit gar nicht hätte stattfinden können, wenn die Juden sich Jesus statt Barabbas hätten freigeben lassen. Aber freilich weiß Heinrich von Münchhausen auch, dass einige gewissenlose Zeitgenossen durch die Judenpogrome reich geworden sind. Beim Plündern der Häuser ist so manches kostbare Stück gestohlen worden und der Besitz der Verbrannten wurde oft genug denen überschrieben, die mit ihren Fackeln den Scheiterhaufen entzündet haben.

Noch ist nicht bekannt, dass Papst Clemens VI., der als Gefangener des Königs von Frankreich derzeit in Avignon residiert, im gleichen Jahr gerade wegen der hetzerischen Predigten gegen die Juden die Geißelbrüderschaften verdammt hat und mit einer päpstlichen Bulle den gesamten Klerus aufrief, gegen diesen Wahnsinn einzuschreiten.

Endlich endet das, was der Mönch eine Predigt genannt hat. Gemeinsam mit den Bürgern des Stadt wird noch ein allbekanntes Kirchenlied gesungen, dann ziehen sich die Mönche mit dem eingesammelten Geld zurück, um es sich im Wirtshaus wohl sein zu lassen. Die Büßer dagegen lagern auf dem

Platz vor der Liebfrauenkirche auf blanker Erde. Mitleidige Frauen bringen ihnen Decken aus den Häusern, weil die Nächte noch kühl sind und ihre dünnen Kutten kaum Wärme spenden. Sie können nicht ahnen, dass viele dieser Männer bereits den Keim des Todes in sich tragen. In der Nachtstunde werden die überall herumhuschenden Ratten vom Geruch des getrockneten Blutes angelockt und suchen zwischen den Schlafenden nach Nahrung. So wird ihre Nächstenliebe nicht nur den frommen Frauen und ihren Familien bitter vergolten, sondern die Ratten von Frankenberg nehmen die Keime des Todes in ihren Pelzen auf und tragen ihn auch in die weiter entfernten Häuser und die Neustadt.

Nur Niklas Glockermann, der Amtmann der Burg, hat klug gehandelt. Als seine Männer ihm von den Geißlern berichteten, hat er die Tore der Burg schließen lassen und streng verboten, dass in den nächsten Tagen jemand in die Stadt geht. Wer es doch tut, der sei nicht wieder einzulassen. Am Burgtor hängt jetzt ein hölzernes Schild mit den eingebrannten Worten „Pest – wir sind nicht zu Hause". Denn wie der Bürgermeister hat auch der Amtmann erfahren, dass dem Zug der Geißler unweigerlich der Schrecken des Pestilenz folgt.

In der Tiefe der Nacht geschieht dann das Unfassbare...

Gerade hat der mit Spieß und Laterne umgehende Nachtwächter das Ende der Geisterstunde ausgesungen, als die Büßer erwachen und wieder beginnen, ihre frommen Choräle zu singen. Und das zu einer Zeit, wo die braven Bürger von ihrem harten Tagewerk ausruhen. Es sind noch mindestens drei Stunden Zeit, bis die Hähne krähen und die Stadt erwacht. Doch wer soll bei diesem Geheule da unten schlafen?

Erst werden nur einzelne Fenster rund um den Kirchenplatz aufgerissen. Mit Donnerstimme gebieten die ehrbaren Handwerksmeister, die dort wohnen, die Nachtruhe. Doch genauso könnten sie gegen ein Gewitter anschreien. Ihre Rufe sorgen noch dafür, dass der Gesang lauter wird. Auch die Mönche sind wieder da. Sie haben die Kerzen entzündet, die Fahnen erhoben und feuern mit bier- und weintrunkenen Kehlen die Büßergemeinde an, noch lauter zu singen.

Das ist zu viel für die braven Bürger von Frankenberg. Erst kommen einige aus den Häusern, um Ruhe zu gebieten. Und um ihre Worte zu unterstreichen, haben sie Knüttel und Feuerhaken in den Händen, während die Frauen hinter ihnen Besenstiele und Bratpfannen schwingen. Doch die Männer in den blutigen Büßerhemden sind gegen körperliche Schmerzen immun und hören nicht auf, mit ihren Liedern Gottes Erbarmen anzuflehen. Immer mehr Menschen kommen aus den anliegenden Straßen und Gassen hinzu. Vergeblich versucht der Bürgermeister, nur mit Nachtrock und Pantoffeln bekleidet, dem sich immer weiter ausbreitenden Aufruhr entgegenzustemmen. Er sieht, wie die frommen Büßer unter der Prügel zu Boden sinken und dennoch nicht aufhören, ihre Lieder zu singen. In christlicher Demut küssen sie sogar noch die Knüppel derer, die sie schlagen und den Saum ihrer Gewänder.

„Vorwärts! Prügelt die Mönche aus der Stadt“, befiehlt Heinrich von Münchhausen den heraneilenden Männern der Stadtwache. „Dann werden die Narren im Büßerhemd folgen. Und nehmt ihnen die Fahnen und die Kerzen ab, damit sie in anderen Städten diesen Aufzug nicht wiederholen können...“

In den alten Chroniken von Frankenberg steht geschrieben, dass die Geißler aus der Stadt vertrieben wurden und ihre Fahnen und Kerzen noch bis ins Jahr 1500 zu sehen waren. Aber es steht auch geschrieben, dass sich der Fluch, den die Mönche über Frankenberg schrieen, als sie am Tor den Staub von ihren Sandalen schüttelten, in Erfüllung ging.

Schon nach sechs Tagen fuhr der Henker auf seinem Karren einen Toten vor das Tor der Stadt, dessen Körper am Hals, in den Armbeugen und um die Lenden mit schwarzen Beulen gezeichnet war. Beulen in der Größe von Hühnereiern. Und schon zeigte eine ganze Anzahl weiterer Bürger Anzeichen dieser Krankheit. Unter unsäglichen Schmerzen schwollen die Beulen an und jeder wusste, was es bedeutete.

Der Schwarze Tod, der in diesen Tagen zum ersten Mal Europa heimsuchen sollte und der nach heutiger Schätzung europaweit zwanzig Millionen Seelen forderte, hatte Frankenberg heimgesucht...

***

Der dumpfe Klang der Glocke vom hohen Turm der Liebfrauenkirche mischt sich mit dem Geläut, das von der Kirche der Augustinerinnen nahe der Südmauer herüberklingt. Matthias Reese schlägt das Kreuz und murmelt einige Wort, die ein Gebet für die armen Seelen darstellen sollen, die nun vor dem ewigen Richter stehen. Seit mehr als zehn Tagen wütet die Pest bereits in der Stadt und nur der Henker und seine Gehilfen wagen es, mit ihren Karren die in alte Decken gehüllten Leichen abzutransportieren und außerhalb der Mauern in eine große, ausgeschachtete Grube zu werfen.

Der junge Scholar, der eigentlich an der Universität von Marburg Theologie studiert und zu einem kurzen Besuch bei den Eltern in seine Heimatstadt zurückgekehrt ist, wurde vom Bürgermeister sofort an die Seite des Stadtmedicus befohlen, als die Krankheit ausbrach. Doch bedauerlicherweise war der Arzt einer der Ersten, den man als Opfer der Pest beklagen musste. Und nun ist der Jüngling, der gerade mal zwanzig Sommer gesehen hat, der einzige Mensch, von dem sich die Kranken Hilfe erhoffen. In späteren Jahren werden

Ärzte beim Wüten der Pest Tränke und Salben empfehlen, die absonderlich, öfter aber närrisch sind. Und alles, was die Ärzte raten, hilft weder den Kranken noch gebietet es der Pest Einhalt.

Matthias Reese gehört zu den wenigen Studenten, die neben den Studien der heiligen Schrift auch das Erbe der antiken Philosophie in sich aufgenommen haben. Zwar glaubt er an Gott und die Lehren der Kirche – doch er zweifelt, dass diese Krankheit eine besondere Strafe des Allerhöchsten ist. Nach den Schriften des Aristoteles hat jede Krankheit ihre natürliche Ursache. Wenn die erkannt ist, dann ist sie auch heilbar. Er, Matthias Reese, muss diese Ursachen nur bald finden. Denn durch den ständigen Umgang mit den Kranken spürt auch er schon bereits aufkommende Schwellungen am Körper und eine zunehmende Mattigkeit. Der Schwarze Tod hat auch über ihn bereits seinen Schatten geworfen. Wenn erst das Fieber hinzukommt, wird er im Delirium liegen und sterben.

Das Dröhnen der Glocke zermartert das Gehirn des Scholaren. Drinnen im Kirchenschiff liegen die Bürger von Frankenberg auf dem Boden ausgestreckt und bekennen laut ihre Sünden. Doch seit auch der Pfarrer ein Opfer der Pest wurde, ist niemand mehr da, der die Tröstungen der Kirche zu spenden vermag. Die Mönche von Sankt Georgen, die zuerst die Pforten ihres Klosters geöffnet haben, um die Kranken aus der Stadt aufzunehmen, sind bereits vor Tagen der Pest zum Opfer gefallen. Und der greise Messner hat sich im Turm verbarrikadiert und läutet nur noch die Glocke, damit ihre Töne den Zorn Gottes besänftigen mögen.

Mit Grauen hat Matthias Reese mit ansehen müssen, wie die unheilvolle Predigt des Mönches, der die Geißler anführte, Früchte trug. Die Leute haben sich daran erinnert, dass er die Juden für das Wüten der Pest verantwortlich machte. In ihrer Verblendung haben die erregten Massen die Häuser der Juden gestürmt und sie herausgetrieben. Vergeblich hat der Bürgermeister versucht, einzuschreiten und das Schlimmste zu verhüten. Seine Worte, dass auch das Volk Israels Opfer der Pest zu beklagen hat, sind im Aufschrei der erregten Masse verhallt.

Von Grauen erschüttert hat sich Matthias Reese abgewandt, als man die mit Stricken aneinander gebundenen Juden mit Knüppeln aus der Stadt prügelte. Jeder, der sich der Menge entgegenstellte, wurde niedergeknüppelt und der Bürgermeister mit Steinwürfen vertrieben. Die Männer der Stadtwache, die Heinrich von Münchhausen heranrief, um dem Wahnsinn ein Ende zu bereiten, waren teils bereits von der Pest befallen oder verweigerten den Gehorsam. Wie der Scholar gehört hat, trieb man die Juden in das nahe Dorf Geismar, wo auf einem der Bauernhöfe ein uralter Schuppen stand. Nachdem man die Juden hineingetrieben hatte, wurde der Schuppen angezündet, dass sie darin elendig verbrennen mussten. Nur wenige Juden, die sich im Todesgrauen taufen ließen, wurden verschont. Die meisten aber blieben dem Glauben ihrer Väter treu und starben mit dem Bekenntnis „Höre, oh Israel! Der Herr, unser Gott, der Herr ist einer!“ auf den Lippen. Die Menge aber, die das Feuer umtanzte, war sich einer gottgefälligen Tat bewusst.

Warum sterben eigentlich der Henker und seine Gesellen, die doch täglich bis zu dreißig Pestleichen aus der Stadt schaffen, nicht an dieser Krankheit? Und der alte Werner Gander, der die Schweine der Stadt hinaus auf den Anger treibt und sie hütet, ist von der Pest befallen gewesen und als Einziger gesund geworden. Hier muss Matthias Reese seine Nachforschungen anstellen, wenn er dem Übel auf den Grund gehen will.

Hans Rindelaub, der Henker, hat nichts dagegen, dass sich der Scholar bei seinen Gehilfen einreiht. Und so stellt Matthias Reese fest, dass der Henker samt seinen Knechten an jedem Abend ein Vollbad in der Eder nehmen und auch ihre Kleider sorgsam waschen. Auf seine Frage erklärt ihm der Scharfrichter, dass dies so Brauch bei den Henkern sei, um den Hauch des Todes von sich abzuspülen. Auch nach einer Hinrichtung taucht er mehrmals in fließendem Gewässer unter und wäscht seine Kleidung, damit nichts von der Schuld, die darin aufgenommen ist, zurückbleibt.

Dem Scholaren fällt ein, dass bei den Römern der Antike niemals Seuchen ausgebrochen sind, weil sie es gewöhnt waren, mindestens einmal am Tag zu baden und auch ihre Kleidung regelmäßig zu waschen. Matthias Reese erinnert sich, dass in den alten Schriften sogar regelrechte Wasserkuren beschrieben sind, denen der Scholar in diesem Zusammenhang noch keine Bedeutung beimisst und die erst einige Jahrhunderte später vom Pfarrer Sebastian Kneipp wieder entdeckt werden.

Regelmäßiges baden und das Waschen der Kleidung – sollte dies ein Mittel sein, die Krankheit zu vertreiben? Wie aber hilft man denen, die bereits von der Pest geschlagen sind? Nur Werner Gander, der „Gemeinde-Watz“, kann die Antwort darauf geben. Denn er hat die Pestbeulen am Körper gehabt und ist dennoch genesen.

„Ich bitte euch, Herr Scholar, mich nicht zu verraten“, raunt der Watz, als ihn der junge Mann in seiner Kate neben der Stadtmauer aufsucht. „Denn es ist wenig Christentum an dem, was mir von der Weisheit unserer Väter überliefert wurde und gar mancher Fromme mag hier Hexerei riechen.“

„Wie du siehst, hat mich Frau Pest bereits selbst in ihren Klauen!“ Matthias weist auf die bereits stark angeschwollenen Beulen an seinem Körper. „Ich werde das Mittel, das du mir nennst, an mir selbst ausprobieren. Ist es von Gott, dann werde ich gesund. Ist es aber vom Teufel, dann werde ich in der Hölle schmoren.“

„Es ist eigentlich ganz einfach, junger Herr“, raunt der Schweinehirt mit Verschwörermiene. „Ihr tragt die Krankheit in euch und sie will heraus. Sie zeigt euch sogar die Orte an, wo sie euren Körper verlassen will. Also bahnt der Krankheit einen Weg nach draußen, bevor es zu spät ist.“

„Einen Weg nach draußen ... ja wie denn?“, fragt der Scholar verzweifelt.

„Hiermit!“ Das Messer, dass ihm der Watz entgegenhält, ist so scharf geschliffen, das es auch dazu taugt, den Bart zu scheren. „Geht zum Fluss, schneidet die Beulen auf und lasst, was darin ist, mit den Wassern davonschwimmen. So habe ich es gemacht – und deshalb lebe ich noch.“

„Aber die Kirche verbietet es, den menschlichen Körper aufzuschneiden und...“ „Wenn ihr euch an das Verbot der Kreuzpriester haltet, werdet ihr sterben, junger Herr“, fährt ihm der Alte dazwischen. „Unsere Ahnen in der Heidenzeit wussten es besser, die Kräfte der Natur zu nutzen, um Krankheiten zu bekämpfen. Was hat es den Toten genützt, dass sie in der Kirche Gebete zu einem Gott geplärrt haben, der jenseits aller Himmel wohnt. Ich habe im Wind ein altes Lied zu Allvater Wotan gesungen, als ich mir die Beulen aufschnitt. Und siehe, der graue Wanderer hat mich erhört. Ihr aber mögt, wenn ihr wollt, zum hellen Christ beten. Denn in ihm verbirgt sich der leuchtende Gott Baldur, der Leben und Freude spendet.“

***

Noch am gleichen Abend schleppt sich Matthias Reese hinunter zur Eder und schneidet sich die Pestbeulen auf. Das Wasser trägt eine aus den Wunden tropfende Mischung aus schwarzem Blut und Eiter mit sich. Sorgsam wäscht der Scholar seinen ganzen Körper und auch seine gesamte Kleidung. Bereits am nächsten Morgen haben sich die Schwellungen zusammengezogen und Reese fühlt sich sichtbar wohler.

Das Mittel gegen den Schwarzen Tod ist gefunden und Matthias Reese verkündet überall, dass Heilung nur der erhoffen kann, der sich im fließenden Wasser der Eder beim Baden die Pestbeulen aufschneidet und auch sein Gewand gründlich durchwäscht. Und das soll er, wie es der Henker tut, an jedem Tag machen. Zwar zögern einige Leute, den Worten des jungen Mannes, dessen Namen keine der alten Chroniken nennt, zu glauben. Doch viele Kranke klammern sich an seine Worte wie ein Ertrinkender an einen Strohhalm. Sie gehen selbst zum Fluss oder lassen sich dorthin tragen. Und wenn die Krankheit noch nicht zu weit fortgeschritten ist, dann wird ihnen auch Heilung zuteil. Dass sich in den Körpern derer, die auf diese Art gesund geworden sind, Stoffe gebildet haben, die eine nochmalige Erkrankung verhindern, werden die Ärzte erst in einigen hundert Jahren feststellen.

Vierzehn Tage später ist die Pest in Frankenberg erloschen. Doch es gibt überall andere Städte und Dörfer, in die der Schwarze Tod eindringt und das Stundenglas erhebt, in dem für Ritter, Bürger oder Bauern die letzten Sandkörner verrinnen.

Und mit dem sausenden Schwung seiner Sense mäht der Tod die Menschen nieder...

# Mit eiserner Faust

Der Bolzen der Armbrust durchschlägt die Rüstung des Reiters in der Herzgegend und schleudert ihn durch die Wucht des Aufpralls rückwärts aus dem Sattel. Wie tödliche Hornissen schwirren weitere Armbrustbolzen aus dem dichten Unterholz des Waldes. Fluchend oder stöhnend sinken die Getroffenen aus den Sätteln. Nur noch drei Männer des Geleits sind unverletzt und greifen zu den Schwertern.

Sieben wohlbeladene Wagen, unter deren Lederplanen sich das Handelsgut von drei Kaufleuten stapelt – das fordert einen Überfall geradezu heraus. Auch dann, wenn ein Zug von Kaufmannswagen durch bewaffnetes Geleit geschützt ist. Es gibt in diesen Tagen immer Ritter, die statt braver christlicher Waffenknechte eine Bande von Halunken und Totschlägern um sich sammeln und sich auf Straßenraub verlegt haben. Der edle Geist des Rittertums ist ins Grab gesunken, als das Haupt des letzten Hohenstaufen auf dem Marktplatz von Neapel unter dem Schwert des Henkers fiel. Vergangen sind die Tage, in denen ein Ritter sein Schwert nur zog, wenn seine Waffe der Gerechtigkeit zum Sieg verhalf. Heute sind viele der Männer, deren Väter mit ihren Waffen einst Land und Leute schützten und für Kaiser und Reich in den ehrenhaften Kampf zogen, zu Räubern und damit zu einer echten Landplage geworden.

„Hoiho, ihr braven Reitersleut'!", kommt jetzt eine Stimme aus dem Unterholz. „Lasst das Eisen stecken. Und dir, Knecht, der du dir da hinten einen Speer vom Wagen angelst. Möchtest du gern wissen, ob es den lieben Gott gibt? Dann mach mal schön weiter."

Die Hände des Knechtes erstarren und die Reiter neben den Wagen verharren unschlüssig, ohne die Hand vom Schwertgriff zu nehmen. Dann ein Brechen der Äste und einen Herzschlag später wird der Waldweg von einem Gerüsteten versperrt, der sich auf ein breites Zweihandschwert stützt. Obwohl weder die drei Kaufleute auf den Wagen, noch einer der Reiter oder gar die begleitenden Fuhrknechte das grimmig aus dem geöffneten Visier des Helmes hervorblickende Gesicht jemals gesehen haben, weiß doch jeder, wen sie vor sich haben.

So einen Bidhänder führt nur einer. Giesulf von Falkenberg. Der Blutige Giesulf, vor dem in dieser Gegend kein Wagenzug sicher ist. Auch nicht, wenn sich wie hier drei Kaufleute zusammengetan haben, um ein großes Geleit von Bewaffneten zu verpflichten. Zwei Überfälle hat man auf dem Weg von Frankfurt herauf schon abschlagen können. Vielleicht hätte man doch die direkte Handelsstraße zur Residenz des Landgrafen benutzen sollen. Wer konnte ahnen, dass hier in der Nähe der gut befestigten Stadt Melsungen noch Raubritter ihr Unwesen treiben? Denn man hat gehofft, in dieser Stadt einige der begehrten Waren zu verkaufen, weil man hier andere Preise fordern kann als in der Residenz.

Von Kassel aus, wo sich die Straßen in alle Himmelsrichtungen verzweigen, wollten sich die Kaufleute trennen. Köln, Leipzig und die Niederlande sind die weiteren Ziele der Handelsleute, die auf der Messe in Frankfurt feine italienische Tuche und Gewürze erstanden haben. Doch jetzt ist es fraglich, ob der Wagenzug Kassel überhaupt erreicht.

„Wer von euch jetzt ein Held werden möchte, hat nun die beste Gelegenheit!“, ruft der Raubritter den unverletzten Reitern des Geleits zu. „Aber raten würde ich es keinem von euch. Denn die Armbrüste sind wieder gespannt und wie meine Leute schießen können, habt ihr ja bereits gesehen. Also, hat jemand von euch Lust, zu seinen Vätern versammelt zu werden?“, klingt es unter dem Helm mit beißendem Hohn.

„Kämpft, ihr Feiglinge!“, brüllt Jochen Siebert vom Bock des ersten Wagens. „Kämpft! Dafür werdet ihr bezahlt!“ Doch den Hauptmann der Reiter hat der Bolzen der Armbrust tödlich getroffen und die meisten Männer sind durch die tückischen Geschosse aus dem Unterholz mehr oder weniger schwer verwundet und halten sich nur stöhnend im Sattel.

„Man darf Tapferkeit nicht mit Wahnsinn verwechseln“, gibt einer der Waffenknechte bitter zurück. „Die schießen uns hier aus der sicheren Deckung heraus ab wie die Hasen.“

„Nun, wenn dir nach Kämpfen zumute ist, Pfeffersack, dann versuch es doch selbst einmal!“ Der Raubritter lacht grimmig. „Dein Leben und deine Habe sichere ich dir, wenn du mich besiegst.“ Das mächtige Schwert in der Hand des Gerüsteten spricht dazu eine stumme, aber nur allzu verständliche Sprache.

„Wenn du es so haben willst, Halunke!“ Mit einem Sprung ist Jochen Siebert vom Bock herab. In seiner Hand blitzt einer der Speere, die man auf den Wagen für die Jagd bereit hält, um neben dem üblichen Getreidebrei auch einmal frisches Wildbret genießen zu können. Todesmutig springt der Kaufmann den Raubritter an uns stößt zu.

Sirrend zieht das mächtige Schwert in der Hand des Gerüsteten einen Kreis und die grelle Mittagssonne lässt Blitze aus der Klinge schießen. Der Kaufmann schreit auf als sein Speer mitten im Stoß getroffen wird und in zwei Teile zerbricht. Die Speerspitze wirbelt durch die Luft und verschwindet im Unterholz.

„Nicht schlecht für einen Krämer!", lobt der Blutige Giesulf. „Noch einmal stehe mir und ich will dich einen mutigen Mann nennen. Gebt ihm ein Schwert!", befielt er einen von den Männern des Geleits. Zögernd zieht einer der Reiter die Waffe aus der Scheide und reicht sie an der Klinge zum Kaufmann herüber, dessen Finger sich um der Griff verkrallen.

„Nur das Schwert ist die Waffe eines Mannes!", erklärt der Raubritter während der Kaufmann eine Art Kampfposition einnimmt. „Speere, Pfeile und gar diese neumodischen Donnerrohre sind für Feiglinge. Es ist nur dann ein Kampf, wenn man das Weiße im Auge des Gegners sieht!"

Im nächsten Augenblick muss der Ritter seine Waffe hochreißen, um einen Stoß des Gegners zu parieren. Es gelingt ihm nicht ganz, aber die Spitze des Schwertes in der Hand des Kaufmanns gleitet an seinem Brustpanzer ab, ohne ihn zu durchdringen. Unter dem Helm kommt ein Brummen hervor wie das eines Bären, den ein Hund anspringt.

Aber dann erwacht der Bidhänder in seinen Fäusten zum Leben. Wie eine gereizte Schlange zuckt die schwere Klinge durch die Luft und fegt das Schwert, mit dem der Kaufmann jetzt verzweifelt verteidigt, immer wieder zur Seite. Jochen Siebert wird zurückgedrängt, bis er die Plane seines Wagens im Rücken verspürt. Sein Atem geht keuchend und wenn die beiden Klingen zusammentreffen hat er kaum die Kraft, das Schwert festzuhalten. Es ist ihm klar, dass der Raubritter nur mit ihm spielt. Er hätte schon mehrfach den tödlichen Hieb empfangen können.

„Wenn du ein Held werden möchtest, dann kämpfe weiter!", dröhnt es unter dem Helm hervor und aus den Büschen heraus lacht das Gesindel, das dem Raubritter folgt. „Denn du kannst dein Heldentum nur beweisen indem du stirbst!"

„Ich bin ein friedlicher Handelsmann...", stammelt Jochen Siebert entschuldigend und lässt das Schwert sinken. „Du hättest mich bereits töten können."

„Ein Narr wäre ich, wenn ich das getan hätte", gibt Giesulf von Falkenberg zurück. „Für einen Toten bekomme ich kein Lösegeld. Aber ich wollte doch mal sehn, ob alle Pfeffersäcke Hasenherzen sind."

„Am Mut hat es sicher nicht gelegen", stößt der Kaufmann hervor. „Nur mangelt es mir an Kraft und Geschicklichkeit. Dein Leben ist der Kampf. Mein Leben aber ist..."

„... das Geld", vollendet der Ritter und das Lachen aus seinem Helm heraus wird metallisch verzerrt. „Und genau das wollen wir. Also rück schon mal raus, was du an Gulden, Dukaten und ähnlichen Münzen bei dir hast."

„Unsere Waren sind unser Kapital", mischt sich Konrad Lengenfeld, der andere Kaufmann ein und ist froh, dass man dem Rat Samuel Rosenbaums, des dritten Händlers im Bunde, gefolgt ist. Auf Rat des klugen und geschäftstüchtigen Juden hat man das Münzgeld in Frankfurt bei einem seiner Glaubensbrüder in Wechseln angelegt. Die auf einem Papier aufgeschriebene Summe können sie nicht nur in Kassel, sondern in jeder großen Stadt bei den Handelshäusern in Bargeld zurückwechseln. Papiere dieser Art sind für das Raubgesindel der Straße im Allgemeinen wertlos, weil sie vor dem Einlösen geprüft werden, ob sie rechtens erworben wurden. Im Grunde genommen kann der Raubritter vorerst weder mit den Wechseln noch mit den Wagenladungen etwas anfangen.

„Fesselt sie und versorgt die Verwundeten!", befiehlt der Raubritter mit einem kurzen Blick ins Gebüsch. „Und ihr, Heldensöhne", wendet er sich an die Bewaffneten und die Knechte, „denkt nicht, dass die Halunken, die ihr jetzt zu sehen bekommt, alle meine Männer sind. Die Armbrüste bleiben aus dem Verborgenen weiter auf euch gerichtet. Wer versucht, sich zu wehren, der wird gleich feststellen, ob euer Hauptmann jetzt im Himmelreich oder in der Hölle ist!" Befriedigt nimmt der Raubritter wahr, dass sich Knechte wie auch die Männer des Geleits willig von den acht wilden, in dunkelgrünes Loden und braunes Leder gekleideten Gesellen fesseln lassen.

Giesulf von Falkenberg kann mit seinem Fang, der ihn und seine Männer kein Blut gekostet hat, dennoch zufrieden sein. Auch wenn kein Bargeld vorhanden ist. Die Kaufleute werden nicht nur Schreiben anfertigen, durch die über Mittelsmänner in Kassel die Wechsel eingelöst werden können, sondern müssen außerdem noch an ihre Familien wegen eines beträchtlichen Lösegeldes schreiben. Und die Waren? Nun, man kennt da in Kassel auch einen Kaufmann, der solche Dinge kauft, ohne lästige Fragen zu stellen.

„Holla, der Teufel meint es gut mit uns!", klingt die Stimme eines der Räuber zu Giesulf herüber, der Anweisung gegeben hat, die Wagen zu durchsuchen. „Die haben Bier auf den Wagen. Feinstes Löwen-Bier aus Malsfeld!"

Jochen Siebert beißt sich in die Lippe. Verwünschtes Bier! Auf der Hinfahrt nach Frankfurt hat er an einem Gehöft, wo man Pferde für einen

Vorspann mieten konnte, um die schweren Wagen über stark ansteigendes Gelände zu bringen, den Braumeister von Malsfeld getroffen. Und dem hat er versprochen, einige Fässer seines Bieres nach Melsungen zu bringen. Hauptsächlich deshalb hat man die unter dem Schutz des Landgrafen von Hessen sichere Frankfurter Straße verlassen. Dass in dieser Gegend ein Raubritter sein Unwesen treibt, hat ihm der Malsfelder allerdings nicht gesagt.

„Malsfeld liegt nur zwei Wegstunden entfernt. Das Bier müsste eigentlich noch die Kühle des Kellers haben", überlegt der Ritter und erklärt dann entschlossen: „Heiß ist es und der Durst tut weh. Ich denke, nach getaner Arbeit wird uns ein guter Trunk recht wohl tun. Hier mitten im Wald findet uns niemand. Also laben wir uns erst einmal bei einem zünftigen Reiterhumpen...!"

***

Hänsel Rückerts Herz klopft zum Zerspringen. Der Trossbube des Wagenzuges hat sich unmittelbar vor dem Überfall in die Büsche geschlagen, weil ihn die dringende Notdurft plagte. Kaum war er fertig, als er die Geräusche des Überfalls hörte und durch das dichte Unterholz mit ansehen musste, wie der reiche Kaufherr mit dem Ritter die Klingen kreuzte und wie danach die Söldner wie die Knechte gefesselt wurden.

Niemand hat ihn bisher bemerkt. Und der ungefähr zwölfjährige Hänsel atmet ganz flach, damit das auch so bleibt. Eine kurze Weile denkt er daran, sich irgendwann heimlich anzuschleichen und mit seinem kurzen Messer die Stricke der Gefangenen durchzuschneiden. Doch was ist, wenn man ihn dabei erwischt? Dann ist alles aus. Man wird sie auf die Burg des Ritters bringen und in die Verliese werfen. Und ein Gefangener, für den kein Lösegeld zu erwarten ist, der ist in diesen Zeiten ein nutzloser Esser, den man beiseite schafft. Ein Stich mit dem Dolch oder eine über das Gebälk geworfene Schlinge werden sein Schicksal. Man wird kaum danach fragen, ob ein Reiterjunge noch zu jung zum Sterben ist. Denn Hänsel Rückert ist Waise und niemand wird für ihn auch nur einen roten Heller bezahlen.

Natürlich könnte sich der Junge jetzt einfach aus dem Staub machen. Doch nicht nur die Knechte sind ihm gut Freund geworden, sondern Konrad Lengenfeld hat dem aufgeweckten Jungen gesagt, dass er ihn gern ins Flämische mitnehmen möchte und ihn vielleicht sogar zum Handlungsgehilfen ausbilden wird. Man bedenke doch, Gehilfe eines reichen Kaufmanns. Auf den Reisen sieht man die ganze Welt und das Essen ist allemal besser als in der Bauernhütte, in der er lebte, bis der Vater eines Tages von einem gefällten Baum erschlagen wurde und die Mutter sich darüber zu Tode grämte. Da die ganze Familie Leibeigene des Grafen von Gudensberg war, ist Hänsel geflohen. Denn der Graf kam öfter auf den Hof und sah den Jungen vom

Pferd herab immer so seltsam an, dass dieser Angst bekam ohne direkt zu wissen, wovor er sich fürchtete. Zigeuner hatten ihn halbverhungert im Wald aufgefunden und für einige Zeit aufgenommen. Bei den „Kindern des Windes“ lernte Hänsel Rückert neben vielen kurzweiligen Taschenspielereien auch mit Pferden umzugehen. Und seit dieser Zeit verdingt er sich bei reisenden Kaufleuten als Trossbube und Reiterjunge.

Nach kurzem Nachdenken beschließt Hänsel, dass es besser ist, Hilfe zu holen. Er umgeht den Ort des Überfalls in weitem Bogen, findet den ausgefahrenen Weg durch den Wald wieder und beginnt zu laufen. Dort irgendwo vor ihm liegt die Stadt Melsungen, auf deren Burg innerhalb der Stadtmauern der Vogt des Landgrafen sicher hocherfreut sein wird, Giesulf von Falkenberg, den gefürchteten Raubritter, zu fangen.

Der Schweiß bricht dem Jungen aus allen Poren. Er keucht, stöhnt und bekommt kaum noch Luft. Vorwärts! Nur vorwärts. Ist der Raubritter mit den Wagen erst einmal in seinem Versteck, wird es schwer sein, ihn zu finden. Und hat er erst einmal seine Burg erreicht, ist es völlig aus. Wegen drei Kaufleuten wird der Landgraf kaum zu Felde ziehen, um den Falkenberger zu bestrafen. Und jener neue König Rudolf von Habsburg, von dem es heißt, dass er mit einem Heer durch Schwaben zieht um die Burgen der Raubritter zu brechen und die adeligen Schurken wie gemeine Räuber an die Äste der nächsten Bäume zu knüpfen, wird wohl nicht bis hierher ins nördliche Hessenland kommen.

Jetzt kommt es darauf an, dass Hänsel die Stadt Melsungen erreicht...

***

„Hol's der Teufel, Bube! Was geht dich der Falkenberger an!“, grollt Ullrich von Helfenstein, nachdem ihm Hänsel Rückert schweratmend alles berichtet hat. Mit letzter Kraft ist es dem Jungen gelungen, Melsungen zu erreichen. Die Torwache an der Stadtmauer hat ihn dann sofort in die Burg bringen lassen, wo der Vogt des Landgrafen seinen Sitz hat. Doch während Hänsel dort Bericht erstattet, macht das Gerücht, dass der Falkenberger in der Nähe einen Kaufmannszug aufgebracht hat, schon in Melsungen die Runde. Denn Hänsel musste selbstverständlich erst einmal den Wächtern am Tor alles erzählen. Und danach rast es wie ein Lauffeuer durch die Stadt. Da gerade Markt auf dem Platz vor dem Rathaus ist, sind fast alle Bürger beisammen. Das Geschrei dringt durch die Gassen bis zur Burg herauf.

„Geh in die Küche und lass dir etwas zu Essen geben“, schneidet der Vogt dem Jungen eine Antwort auf seine Frage ab. „Ich werde einen Trupp Bewaffneter zusammenstellen und den Raubritter greifen. Gleich werde ich die notwendigen Befehle erteilen.“ Ein herrisches Winken mit der Hand und die Wache schiebt Hänsel Rückert aus dem Rittersaal, in dem ihn der Vogt empfangen hat.

Natürlich wird man ausreiten, denkt der Vogt bei sich. Doch man wird, wie üblich, zu spät kommen. Denn Ullrich von Helfenstein ist wenig gelegen daran, den Raubritter in seine Gewalt zu bekommen. Hätte er selbst nicht über die Beziehungen seines Onkels zum Hof des Landgrafen diese Anstellung als Vogt der Burg und Stadtrichter von Melsungen bekommen, müsste auch er sich „auf freier Straße ernähren", wie man den Straßenraub in diesen Tagen nennt. Immerhin muss man ja von irgend etwas leben. Und zwar möglichst so, wie es Stand und Adel entspricht. Das ist aber heute kaum noch möglich.

Die Lehen sind so klein geworden, dass die Erträge der Landwirtschaft kaum zum Leben für den Ritter samt seiner Familie und der Burgbesatzung ausreichen. Doch mehr kann man den Bauern nicht abnehmen, ohne sie verhungern zu lassen. Manch ein Ritter ist schon von seiner Burg herab auf sein Gut gezogen, das er sonst von Hörigen bewirtschaften ließ und drückt nun selbst den Pflug in die Scholle, um für sich und seine Familie das tägliche Brot zu erwerben. Aber Ritter, die im Schweiße ihres Angesichtes von ihrer Hände Arbeit leben oder gar in die Städte ziehen, werden von ihren Standesgenossen, die weiterhin hoch zu Ross das Schwert führen, zutiefst verachtet.

Doch in diesen Tagen gibt es für einen Rittersmann wenig ehrlichen Waffendienst. Manchmal findet man einen Kaufmann, der Geld für ein bewaffnetes Geleit durch eine unsichere Gegend zahlt. Aber dann ist man gezwungen, gegen die eigenen Standesgenossen das Schwert zu ziehen, deren Gewerk der Straßenraub ist. Gelegentlich kommt es auch vor, dass einer der umliegenden Fürsten oder Grafen eine Fehde hat, für die er Kriegsvolk anwirbt. Doch das Geld, was man so verdient, ist rasch ausgegeben. Außerdem läuft man immer Gefahr, verwundet oder gar getötet zu werden. Oder in Gefangenschaft zu geraten, wobei das Lösegeld meist so hoch angesetzt wird, dass man Burg und Ländereien verpfänden muss, um frei zu kommen.

In früheren Jahren wurde man als Ritter oft genug vom König oder Kaiser zur Heerfolge gerufen und von der Bezahlung und der Beute lebte es sich nicht schlecht. Aber seit dem Ende der Hohenstaufen hat es bis vor kurzem in Deutschland keine Zentralgewalt eines Königs mehr gegeben. Die „kaiserlose, die schreckliche Zeit" war angebrochen, in der sich ein Mann mit eiserner Faust und dem Schwert darin nahm, was er haben wollte.

Und weil es dem Rittersmann nun verwehrt war, mit dem Lied: „Ich muss an Kaisers Seiten – ins falsche Welschland reiten" hinüber nach Italien zu ziehen, wo man gegen die reichen Städte kämpfen und viel Beute machen konnte, sitzt der Adel untätig auf seinen Burgen. Neidisch schielt man hinüber zu den Städten, wo durch die fleißige Arbeit der Handwerker der Wohlstand blüht. Und ein Teil der Ritter hat eben festgestellt, dass man am einfachsten zu Geld kommt, wenn man den Wagenzug eines Kaufmanns überfällt, die geraubten Waren durch Mittelsmänner verkaufen lässt und für die Gefangenen Lösegeld erpresst.

Ullrich von Helfenstein kennt den Falkenberger recht gut. Auch Giesulf hat versucht, sich am Hof des Landgrafen in Kassel um ein Amt zu bewerben. Doch der Landesherr hat ihn abgewiesen. Und deshalb ist der Ritter, dessen stolze Ahnen einst im Kreuzfahrerheer Kaiser Barbarossas ins Heilige Land zogen, gezwungen, seine Einkünfte aus den Scheunen der Bauern durch Straßenraub zu vergrößern. Wäre Ullrich von Helfenstein nicht Vogt von Melsungen, so wäre er gezwungen, ebenfalls Kaufleute zu überfallen, um wenigstens einigermaßen leben zu können.

Von daher denkt der Vogt gar nicht daran, den Blutigen Giesulf zu fassen. Was kümmern ihn irgendwelche Kaufleute, die so närrisch waren, die Straße durch diesen Wald zu ziehen. Er wird dafür sorgen, dass seine Männer noch mindestens drei Stunden brauchen, bis sie abreiten können. Aber wenn sie den Ort des Überfalls erreichen, ist es bereits dunkel und der Falkenberger kann entkommen. Vor der Bürgerschaft von Melsungen und dem Landgrafen hat Ullrich von Helfenstein als Vogt seine Pflicht getan. Und seine Waffenknechte sind auch nicht gerade darauf erpicht, mit den Männern des Blutigen Giesulf die Klingen zu kreuzen. Denn die werden sich wie alle rotschwänzigen Teufel der Hölle wehren, bevor sie sich ergreifen lassen. Mag der Falkenberger vielleicht auch vom Landgrafen begnadigt werden, seine Gefolgsleute werden auf jeden Fall in Melsungen vom Henker aufs Rad geflochten werden.

Das Rädern ist die übliche Strafe bei bewaffnetem Straßenraub. Auf ein Wagenrad festgebunden, werden alle Knochen des Körpers durch zehn Schläge einer Eisenbarre zertrümmert. Das Rad wird dann auf eine Stange gesteckt und vor der Stadt hoch aufgerichtet. Mit zerschmetterten Gliedern stirbt der Geräderte eines langsamen, grausamen Todes. Und nicht nur die braven Bürger des Stadt, sondern auch herbeiziehende Fremde können sehen, was einem blüht, der sich am Leben und Eigentum seiner Mitmenschen versündigt.

Für den Helfensteiner gibt es also keinen Grund, seine Burgmannen eilig in die Sättel zu bringen, um gegen Giesulf von Falkenberg und seine wilden Gesellen auszureiten.

„Ich habe gesehen, wie die Männer des Ritters eins der Bierfässer anzapften", erzählt Hänsel Rückert einigen Leuten auf dem Marktplatz, die genaueres wissen wollen. Der Raubritter, der die Straßen zu ihrer Stadt sperrt, ist den Bürgern von Melsungen schon lange ein Dorn im Auge. Jedem ist klar, dass der Vogt nicht so rasch ausreiten wird, weil ja eine Krähe der anderen kein Auge aushackt.

„Der Blutige Giesulf weiß nicht, dass einer vom Wagenzug entkommen ist", stellt Bernhard Corbeck fest, nachdem Hänsel ihm und den Umstehenden alles erzählt hat. „Sie werden also in aller Gemütsruhe einen Umtrunk halten. Und wir alle wissen, dass Bier bei dieser Hitze mächtig in den Kopf steigt." Die umstehenden Männer nicken dem Bürgermeister mit wissenden Mienen zu. Jeder von ihnen hat die berauschende Wirkung des wohlschmeckenden Gerstentrankes aus Malsfeld schon am eigenen Leib verspürt.

„Nutzen wir also diese einmalige Gelegenheit, diesen Straßenräuber zu fangen!", ruft Corbeck. „Ich sehe kräftige Mannesleut' um mich herum und der Junge kann uns führen. Wer wagt es, mit mir zu gehen?" Ein kurzes Murmeln, dann reckt sich Veit Gander, der Schmied, wie ein Bär in die Höhe.

„Lasst die Weiber hier die Geschäfte weiter führen. Wir Männer gehen mit dem Bürgermeister zum Rathaus", brummt er und die Umstehenden geben ihre Zustimmung. Jeder weiß, dass dort in einer besonderen Kammer Waffen aller Art aufbewahrt werden, die ausgegeben werden, wenn ein Feind gegen die Mauern zieht und die Stadt von den Bürgern verteidigt werden muss. Und da diese Waffe hauptsächlich der lange Spieß ist, redet der Adel auch verächtlich vom „Spießbürger".

„Vorwärts, Mannen!", kräht Friedrich Frieling mutig hinterher. „Holt euch was zum Zuschlagen und Zustechen und dann drauf und dran." „Vergiss dein Bügeleisen nicht, damit der Wind dich nicht wegweht, Schneider!", lacht einer der Bauern, der sein Gemüse zum Markt gebracht hat. „Und nimm die Elle mit, damit du mit dem Falkenberger die Klinge kreuzen kannst", setzt ein Bäckermeister in gutmütigem Spott hinzu. „Am besten, du reitest auf deinem Ziegenbock voran!", lästert ein Fleischer, der bereits die Schneide seines Schlachterbeiles auf Schärfe prüft. „Schneider, Schneider! Meck! Meck! Meck!", macht es die Runde und dem braven Meister von Nadel und Zwirn schwellen die Zornesadern an den Schläfen. Aber da es überall üblich ist, über die ehrsame Schneiderzunft zu spotten, weiß sich Friedrich Frieling zu beherrschen.

„Beschafft genügend Stricke, um die Halunken zu fesseln", ruft der Bürgermeister einem Seiler nach, dessen Gewerk es ist, aus Hanf dicke oder dünne Stricke zu drehen. „Nicht nur zum Fesseln, sondern um die Halunken auch gleich an Ort und Stelle aufzuknüpfen!", gibt der Seiler über die Schultern zurück.

Nach gut zwei Stunden hat Hänsel Rückert die ungefähr dreißig mit Spießen und Schwertern bewaffneten Männer aus Melsungen zum Ort des Überfalls gebracht. Veit Gander, der Schmied, hat jedoch seinen größten Hammer mitgenommen und in der Hand des Fleischers blitzt die Axt, mit der er den Ochsen niederzuhauen versteht. Geschickt teilt Bernhard Corbeck die Männer so ein, dass der Wagenzug völlig umstellt ist.

Der Bürgermeister hat sich nicht verkalkuliert. In ihrer Sorglosigkeit haben der Ritter und seine Gesellen einen Trunk zu viel genommen. Einige von ihnen liegen bereits auf dem Boden und schlafen schnarchend ihren Rausch aus, andere torkeln lallend zwischen den Wagen umher. Die Gefangenen hat man etwas abseits zusammengebunden. Sie haben die Befreier bereits erspäht, sind jedoch so klug, sich nichts anmerken zu lassen.

Veit Gander sieht, wie der Bürgermeister im Gebüsch die Hand hebt. Da der Schmied die lauteste und furchterregendste Stimme hat, soll er als erster losbrüllen, um Schrecken zu verbreiten. Und das tut er mit der Wildheit und Lautstärke eines brünstigen Urstieres.

„Drauf und dran, Mannen von Melsungen!", röhrt er in einer Lautstärke, dass Vogelschwärme aus den Wipfeln der umgebenden Bäume aufsteigen. An der Seite des Fleischers stürmt er aus dem Gebüsch und fegt mit dem Hammer die ebenfalls trunkene Gestalt des Wächters beiseite, der mit seinem Schwert die Gefangenen bedroht. Unter dem Kettenhemd des Räubers zerknacken die Rippen, als er vom Hammerschlag getroffen zusammenbricht. Der andere Wächter kann gerade noch dem Hieb mit der Axt entgehen, den der Schlachter auf ihn führt und stürzt hinterrücks zu Boden. Während sich Schmied und Fleischer wie zwei Berge vor den Gefangenen aufbauen, eilt Hänsel herbei und durchschneidet mit einem Messer, das ihm der Bürgermeister geschenkt hat, ihre Stricke.

Doch weder die Kaufleute noch ihre Knechte brauchen in den Kampf einzugreifen. Die Überrumpelung ist vollständig gelungen und das einzige Blut, das geflossen ist, rinnt aus den Wunden des Raubgesindels, das noch versucht hat, sich zu wehren. Die Wirkung des Bieres aber hat Kraft und Gewandtheit herabgesetzt. Es war den Bürgern ein Leichtes, die fast vollständig Betrunkenen zu überwältigen.

Nur Giesulf von Falkenberg hat sich rasch gefasst. Zwar hat er den Helm abgelegt, aber den Harnisch noch nicht abgetan. Jetzt steht er, im Rücken durch den Stamm einer gewaltigen Eiche geschützt, und lässt das mächtige Schwert kreisen. Mit geschickten Hieben schlägt er die Spitzen der Spieße von den Schäften, wenn sie auf ihn gestoßen werden. Die Männer, die den Raubritter mit Schwertern angegangen sind, weichen sofort zurück, wenn sie der Blutige Giesulf mit einem Hagel von Hieben eindeckt. Was an Waffen bis zu seinem Körper durchdringt, wird vom Brustpanzer des Ritters abgewiesen.

Durch die Rüstung geschützt und erfahren im Waffenhandwerk ist der Ritter den Bürgern überlegen. Er kennt sein Schicksal, wenn sie ihn ergreifen und wehrt sich wie ein gestellter Wildeber.

„Wohlan! Wer von euch braven Bürgern will zuerst sterben!“, klingt sein heiseres Lachen durch den Wald. Und obwohl sie ihre Waffen noch auf ihn gerichtet haben, weichen die Männer von Melsungen zurück. Keine zehn Schritte hinter ihnen steht das Pferd des Ritters. Er wird versuchen, sich bis dahin durchzuschlagen. Und wer sich ihm in den Weg stellt, wird die nächsten Nächte im Siechenhaus verbringen. Wenn es seinem Eheweib nicht sogar bestimmt ist, Witwe zu werden.

In diesem Moment drängt sich Veit Gander durch die Reihen. Der Ritter brüllt auf, als er den mächtigen Hammer in den muskelbepackten Armen des Schmiedes wirbeln sieht. Ein röhrender Urschrei des Schmiedes, dann rast der Hammer, wie von der Kraft des altheidnischen Donnergottes geschleudert, auf Giesulf von Falkenberg zu. Und die Wucht des Wurfs ist so stark, dass es dem Ritter nicht gelingt, den Hammer mit dem mächtigen Breitschwert aus der Bahn zu schlagen. Ein Dröhnen von Metall auf Metall, als der Hammer auf den Brustpanzer prallt und ihn eindrückt. Der Ritter stößt einen erstickten Schrei aus und das Schwert entfällt seiner Hand. Blut dringt zwischen seinen Lippen hervor.

Sofort haben ihn einige Männer ergriffen und der Schneider, der die besten Knoten zu knüpfen versteht, fesselt ihm die Hände auf den Rücken. Aus blutunterlaufenen Augen sieht der Ritter, wie man eine Schlinge über den weit ausladenden Ast einer Buche wirft und den ersten seiner Spießgesellen darunter zerrt. Verzweifelt wehrt sich der Mann und fleht bei Gott und allen Heiligen um sein Leben. Doch mit Räubern seiner Art macht man in jenen Tagen wenig Federlesen. Der Bürgermeister hat einen kleinen Zweig aufgehoben und erklärt, dass der vor ihm in die Knie gezwungene Mann nach altem Landrecht als Räuber und Mordgeselle zum Tode verurteilt sei. Ein kurzes Knacken, dann hat Bernhard Corbeck den dürren Ast über dem Haupt des Missetäters zerbrochen. Drei Männer müssen ihn festhalten, als Fritz Frieling ihm die Schlinge um den Hals legt und darauf achtet, dass der Knoten unter dem Kinn zu liegen kommt.

„Besser für dich, wenn wir es hier mit dir zu Ende bringen“, vernimmt der Räuber die geflüsterte Stimme des Schneiders. „Denn auf dem Rabenstein würde man dich aufs Rad flechten. Hier stirbst du wenigstens schnell. Und deine Gesellen schicken wir dir sofort nach, damit es dir in der Hölle nicht so einsam ist ...“

Zehn der Männer, die das Los entschieden hat, ergreifen das Seil an und ziehen an. Ein heiseres Krächzen, dann zappelt der Raubgeselle des Falkenbergers in der Schlinge. Mit einem Sprung ist Veit Gander bei ihm und hängt sich mit seinem ganzen Gewicht an den Körper des Gehängten. Durch den Knoten unter dem Kinn wird der Kopf durch diesen Ruck zurückgerissen. Dem Missetäter bricht das Genick und er stirb sofort. Ohne das Brechen des Genicks würde der Gehängte fast fünf Minuten in der Schlinge zappeln, bis ihn der Tod erlöst. Die Tat des Schmiedes ist also eine besondere Gnade, die er auch den anderen Männern angedeihen lässt, die mit bleichen Gesichtern, klappernden Zähnen und flehenden Bitten um ihr Leben das gleiche Schicksal erleiden. Das Brechen des Stabes über ihren Häuptern durch den Bürgermeister ersetzt, weil sie auf frischer Tat ertappt wurden, die Gerichtsverhandlung. Natürlich wird die Geistlichkeit erzürnt sein, dass man den Räubern keine Gelegenheit gegeben hat, sich durch eine Beichte mit dem Himmel auszusöhnen. Da wird man der Hauptkirche wohl eine neue Altardecke stiften müssen. Aber dafür sind jetzt auch die Straßen wieder sicher. Und das bedeutet, dass man demnächst auch wieder das köstliche Löwenbier aus Malsfeld bekommt. Eins der Fässer haben die drei Kaufherrn als Dank für ihre Rettung den Helfern in der Not bereits versprochen und der Abendtrunk ist damit gesichert.

Eben poltert der Körper des Mannes, der zuletzt gehängt wurde, entseelt zu Boden. Die Fuhrknechte haben bereits ein großes Loch ausgehoben, wo die Gesellen des Raubritters gemeinsam verscharrt werden. Mit weitem Schwung wird der Tote in die Grube zu den anderen geworfen. Nur Giesulf von Falkenberg ist noch übrig.

Er sträubt sich heftig, als man ihn unter den Ast zerrt und man muss ihm in die Kniekehlen treten, damit er sich hinkniet und der Bürgermeister den Stab über ihm brechen kann. Der Raubritter ist zu stolz, als dass er um sein Leben bittet. Zumal er genau weiß, dass er von diesen Männern keine Gnade zu erwarten hat. Als man ihm die Schlinge um den Hals legt, spuckt er verächtlich vor ihnen aus.

Doch das Brechen des Stabes geht in rasch näher kommendem Hufschlag unter. Und schon brechen bewaffnete Reiter, an ihrer Spitze Ullrich von Helfenstein, durch die Bäume.

„Im Namen des Landgrafen! Halt!“, dröhnt die Donnerstimme des Vogtes vom tänzelnden Pferd herab. „Was wagt es das nieder Volk, Hand an einen Mann von Stand und Adel zu legen?“

„Er ist ein Straßenräuber, der seinen Adel durch seine Taten geschändet und abgetan hat!“, protestiert der Bürgermeister. „Es ist nur gerecht, dass er seinen Spießgesellen auf dem Weg zur Hölle das Geleit gibt!“

„Das adelige Blut, das in den Adern Giesulf von Falkenbergs rinnt, erhebt ihn über das Gericht aus dem Volk!“ Auf einen Wink des Vogtes sind zwei seiner Männer abgestiegen und bedrohen die Männer am Seil, die den Verurteilten gerade aufziehen wollten, mit ihren Schwertern. „Nur der Landgraf selbst kann über ihn zu Gericht sitzen und das Urteil fällen. Ich werde ihn nach Kassel an den Hof bringen, wo unser allergnädigster Landesherr sein Schicksal entscheiden wird."

„Unser allergnädigster Landesherr!", dehnt Bernhard Corbeck spöttisch und der Blick aus den Augen des Vogtes gleicht zwei geworfenen Dolchen. Jeder der Männer von Melsungen weiß, dass der Landgraf, wenn es darum geht, über einen Räuber von Stand und Adel zu Gericht zu sitzen, tatsächlich „allergnädigst" ist. Er wird den adeligen Räuber ganz gewiss laufen lassen. Wenn der Falkenberger aber wieder in Freiheit ist, dann Gnade Gott der Stadt Melsungen und ihren Bewohnern. Weigern sie sich aber, ihn dem Vogt auszuliefern, dann wird es einen blutigen Kampf geben, dessen Ausgang völlig ungewiss ist. Und selbst, wenn ihn die bewaffneten Bürger gewinnen, ist das offene Rebellion gegen den Landesherrn. Der Landgraf selbst wird mit Heeresmacht gegen Melsungen zu Felde ziehen, um die unbotmäßige Stadt zu bestrafen.

„Nehmt ihn hin und verwahrt ihn gut!", knirscht der Bürgermeister zwischen den Zähnen hervor. Auf seinen Wink lassen die Männer den Gefangenen los. Die Handfesseln werden durchschnitten und wenige Augenblicke später sitzt der Raubritter auf seinem Pferd. Blanker Hohn blitzt in seinen Augen, als er die Männer von Melsungen noch einmal ansieht.

„Ich komme wieder!", krächzt es zwischen seinen Lippen hervor.

***

Als der Reiterzug des Vogtes in Sichtweite des Stadttores kommt, haben es die Frauen gerade geschafft, die Zugbrücke mit Speckschwarten und Schweineschmalz einzureiben. Den Jungen, der auf schweißtriefendem Pferd angekommen ist, hat man als den Trossbuben des Wagenzuges wieder erkannt und zweifelt nicht, dass er im Auftrag des Bürgermeisters spricht. Denn Hänsel Rückert hat einen kühnen, wenn auch hinterhältigen Plan ersonnen, wie man die Rache des Raubritters vielleicht doch noch abwenden kann.

Die Reiter des Vogtes mussten im Schritt reiten, denn obwohl Giesulfs Brust durch den Harnisch geschützt war, hat der geschleuderte Hammer doch das Eisen der Brustpanzerung eingedrückt und sicherlich einige Rippen darunter zertrümmert. Um seinem Körper einigermaßen Stabilität zu geben, hat man ihm die Rüstung noch nicht abgeschnallt. Der Junge hat das rasch erkundet und darauf seinen Plan aufgebaut. Eines der Gespannpferde musste ihm als Reittier dienen, damit er schnell genug voran kam. Das Tier ist nicht gewöhnt, große Geschwindigkeit zu laufen und wird jetzt von einem der Marktbauern mit Stroh trocken gerieben. Hänsel aber hat sich aus der Werkstatt des Schneiders eine lange Nadel beschafft und sie so gut es geht auf die Spitze eines langen, geraden Stockes gesteckt. Dann ist er in das trübe Wasser des Grabens gestiegen, der vom Wasser der Fulda her gespeist die Stadt vollständig umschließt. Nun wartet Hänsel unter der herabgelassenen Zugbrücke und hofft, dass sein Vorhaben gelingt.

Erfreut sieht der Junge, dass Giesulf von Falkenberg und der Vogt nebeneinander reiten. Das kommt seinem Vorhaben entgegen. Die Bohlen der Zugbrücke stehen mehr als fingerbreit auseinander, so dass Hänsel gut erkennen kann, was über ihm vorgeht.

Die Pferde der Gewaffneten des Vogtes lässt er passieren. Und weder der Raubritter noch der Vogt schöpfen Verdacht, als die Hufe ihrer Rosse auf dem mit Fett bestrichenen Holz der Brücke zu rutschen beginnen. Dann reiten beide Herrn von Adel über die Brücke. Wenige Herzschläge noch, dann ist Giesulf von Falkenberg in der Sicherheit der Burg und in den Händen des Medicus.

Hänsel Rückert sieht den Bauch des Braunen, den der Falkenberger reitet, über sich. Den bereits leicht zwischen dem Gebälk hervorragenden Stab mit der Nadel haben die Anreitenden nicht bemerkt. Sie machen eben ihre Scherze über die Bürger von Melsungen, die eine Bogenschussweite entfernt dem bewaffneten Geleitzug folgen.

Entschlossen stößt Hänsel den Stab aufwärts und die Nadel bohrt sich schmerzhaft in die empfindliche Bauchdecke des Pferdes, dass den Falkenberger trägt. Mit trompetenhaftem Wiehern steigt der Braune in die Höhe und bricht seitwärts aus. Der Reiter schreit auf und versucht, sich festzuklammern. Doch schon erfolgt von unten her der nächste Stoß und wieder tut die Nadel ihr Werk. Diesmal aber hat Hänsel so gezielt, dass das Pferd, um dem Schmerz zu entgehen, sich auf die Seite werfen wird, wo unter der Brücke das dunkle Wasser das Grabens gluckert.

Bevor Giesulf von Falkenberg die Gefahr erkennt und mit Zügel oder Sporen reagieren kann, macht sein Pferd einen heftigen Sprung seitwärts, gleitet auf den durch das aufgetragene Fett rutschigen Bohlen der Brücke aus und stürzt mit seinem Reiter in das aufspritzende Wasser. Die dunkle Brühe, aus der sich sonst Enten und Gänse ihre Mahlzeit holen, scheint zu kochen, als das Pferd rasch wieder auftaucht und verzweifelt versucht, den Uferrand zu erklimmen.

Doch Giesulf von Falkenberg, den der schwere Brustpanzer unter Wasser zwingt, taucht nicht auf. Trotz der brüllenden Befehle des Vogtes, der sein Pferd auf den glitschigen Planken gerade noch gemeistert hat, wagt es keiner seiner Männer, mit den schweren Kettenhemden ins Wasser zu steigen, um dem Raubritter zu helfen. Die Torwache ist plötzlich verschwunden und die

Männer von Melsungen kommen nun betont langsam näher. Hänsel Rückert aber ist es gelungen, durch ein abgeschnittenes Schilfrohr atmend sich unter Wasser am Bodengewächs entlang hangelnd so weit fortzubewegen, dass er ungesehen aus dem Wasser steigen kann. Der Vogt wird ihn für seine Tat kaum belangen können.

Erst nach einer halben Stunde wird der entseelte Körper des Blutigen Giesulf aus dem Graben geborgen. Niemand hat etwas dagegen, dass der Vogt den Leichnam fordert, damit er in der Gruft von Burg Falkenberg würdig bestattet würde. Der Raubritter ist tot und wird dem Land nicht mehr schaden.

Als der Wagenzug der Kaufleute zwei Tage später Melsungen verlässt, klingeln im Geldkätzlein von Hänsel Rückert eine Hand voll Dukaten. Für einen Reiterjungen ist es ein kleines Vermögen, das ihm der Stadtrat von Melsungen da heimlich zugespielt hat. In Kassel wird er Waren für das Geld einkaufen und als Kompagnon von Jochen Siebert anfangen, ein Kaufmann zu werden...

# Im Schatten der Felsburg

Als die eiserne Lanzenspitze auf den Schild des Grafen von Felsberg aufschlägt, geht ein Raunen durch die Menge. Mit zornigem Aufschrei fährt der Landgraf von seinem Herrensitz im Zentrum der Loge auf, während Graf Meginhard von Felsberg weiß wie eine gekalkte Wand wird.

Bisher ist dieses Turnier als reiner Übungskampf mit stumpfen Waffen geführt worden. Das Schlagen mit der eisenbewehrten Spitze einer Kriegslanze auf den Wappenschild bedeutet jedoch eine Herausforderung auf Leben und Tod.

„Ihr könnt diesen Waffengang verbieten, mein Landesherr!", raunt Werner von Falkenberg, der als Marschall des Turniers den Platz neben dem Landgrafen inne hat, seinem Landesherrn zu. „Wenn der Altenburger auf Leben und Tod kämpfen will, dann schickt ihn dorthin, wo König Konrad seine Mannen für den Kreuzzug sammelt. Mag Kunz von Altenburg im heiligen Land bei den Heiden seinen Mut und seine Kraft beweisen."

Doch da hat der Altenburger schon sein mächtiges Schlachtross vor die Loge gelenkt, in der Ludwig der Eiserne, Landgraf von Thüringen und Hessen, seinen Platz hat. Und besonders das Hessenland hat davon profitiert, dass sich sein Adel freiwillig dem Herrn von der Wartburg angeschlossen hat.

Vor dem Jahr 1122 waren in den nordhessischen Gauen eine Reihe von Grafengeschlechtern an der Macht, unter denen das Geschlecht der Gisonen, der Grafen von Gudensberg, eine gewisse Vormachtstellung besaß. Als jedoch Ludwig, den sie den Springer nannten und dem König Lothar III. als erstem Thüringer Fürsten den Titel eines Landgrafen verliehen hatte, die einzige Tochter des letzten Grafen von Gudensberg heiratete, wurde er durch die Heirat mit Hedwig auch der Erbe der Gudensberger Grafen. Klug, wie die Edlen und Ritter der Region zwischen Werra und Diemel waren, erkannten sie, dass nur eine starke Gemeinschaft von Landedelleuten mit einem tatkräftigen Oberhaupt gegen Feinde bestehen kann. Und von Feinden sind die nordhessischen Gaue seit Menschengedenken umgeben. Nicht nur der Erzbischof von Mainz, sondern auch andere Landesfürsten in der näheren und weiteren Nachbarschaft war stets daran interessiert, ihre Ländereien mit List oder Gewalt zu vergrößern. Und wie sich einst die Chatten dem starken und immer mächtiger werdenden Frankenreich König Chlodwigs anschlossen, um nicht ständig von streitlustigen und beutehungrigen Nachbarn bedrängt zu werden, erkannte der Adel von Nordhessen nun den mächtigen Landgrafen von Thüringen als seinen Landesherrn an. Ein Zustand, der bis zum Jahr 1264 bestehen blieb.

Seit dem Tod seines Vaters im Jahr 1140 regiert Ludwig II., den sie den Eisernen nennen, von der Wartburg herab das Land. In den ersten Jahren seiner Regierung war er gutmütig und nachsichtig gegen jedermann, was besonders der heimische Adel ausnutzte. Doch dann hörte der Landgraf die Worte eines Schmiedes, bei dem er unerkannt übernachtete. Während der brave Mann die ganze Nacht hindurch am Amboss stand und dem rotglühenden Eisen mit dem Hammer die rechte Form gab, redete er über die bösen und ungerechten Grundherrn und beklagte sich, dass es dem Landgrafen nicht gelang, den einfachen Leuten im Volk Schutz vor den Übergriffen des Adels zu geben.

„So werde hart, Eisen! Landgraf, werde hart!“, rief der Schmied immer wieder, während der mit wuchtigem Schlag geführte Hammer rote Funken aus dem Metall sprühen ließ. Diese Worte hat sich Ludwig gut gemerkt. Und seit diesem Tage ist Ludwig ein Landesherr geworden, der Adel wie Volk streng, aber gerecht zu regieren versteht. Und wegen seiner jetzt harten Gesinnung nennt man ihn seit einiger Zeit den „Eisernen“.

Heute jedoch, am Pfingstfest im Jahre des Herrn 1147, hat der Landgraf den gesamten Adel des Landes zu der Siedlung am Fuß der Felsburg gerufen, um einerseits mit den Rittern und Grundherrn der nordhessischen Gaue über das Wohl des Landes zu reden, andererseits sich aber auch durch ein glänzenden Turnier über die Wehrhaftigkeit seiner Vasallen zu überzeugen.

König Konrad III. hat am zweiten Weihnachtstag des Jahres 1146 nach einer gewaltigen Predigt des Abtes Bernhard von Clairvaux im Dom zu Speyer das Kreuz genommen. Und der Landgraf hat erfahren, dass der König gerade in diesen Tagen mit dem Heer von Regensburg aus ins heilige Land aufbricht. Wenn die Königsmacht aber nicht mehr überall spürbar ist, werden wieder überall alte Streitigkeiten und Fehden aufflammen. Deshalb hat der Landgraf neben dem allgemeinen „Landtag“ auch das Turnier angesetzt. Nur wenn die kampfgewohnten Ritter, die im Gefecht im allgemeinen die Entscheidung herbeiführen, ihre Kräfte und Geschicklichkeit im friedlichen Wettstreit messen, kann der Landgraf erkennen, wo die Stärken und die Schwächen bei der Verteidigung in diesem Teil des Landes liegen.

Umso mehr ärgert es Ludwig den Eisernen, dass Kunz von Altenburg gerade zu diesem Zeitpunkt den Grafen von Felsberg zu einem Kampf auf Leben und Tod herausfordert. Natürlich hat er schon davon gehört, dass sich der Zwist zwischen denen von Altenburg und den Grafen von Felsberg bereits über Generationen vererbt hat und niemand mehr den eigentlichen Grund kennt. Und nun scheint Kunz von Altenburg die Entscheidung herbeizwingen zu wollen.

„Ich kann die Forderung des Altenburgers nicht ablehnen, wenn ich nicht als Feigling gelten will.“ Meginhard von Felsberg erhebt sich mit einem Seufzer und gibt seinem Knappen ein kurzes Zeichen mit der Hand. Der hochgewachsene Junge von ungefähr sechzehn Jahren nickt. Rasch wendet er sich um und springt von der Höhe der Loge herunter. Geschickt federt er den Aufprall ab und läuft zielstrebig dann auf das reichgeschmückte Zelt zu, in dem sich die Rüstung und die Waffen seines Herrn befinden. Es gilt die Teile der Rüstung so bereitzulegen, dass man sie dem Ritter sofort anlegen kann. Meginhard von Felsberg kann sehr ungeduldig werden.

„Diese ewigen Fehden.“, seufzt der Landgraf. „Aber Felsburg und Altenburg liegen viel zu nah beieinander, als dass es hier nicht zu einer Feindschaft kommen musste. Es können nicht zwei Hähne auf einer Miste sein.“

„Es geht ganz gewiss nicht um den alten Streit zwischen Felsbergern und Altenburgern“, erklärt Werner von Falkenberg dem Landgrafen, während der Felsberger bereits vom Logengerüst herabsteigt und hinüber zum Zelt geht, um sich zu wappnen. „Der wahre Grund für diese Forderung auf Leben und Tod ist sicher, dass der Altenburger hoch verschuldet ist. Und das Geld hat er sich bei den Leuten aus der Siedlung rund um die Felsburg geliehen. Das kam unserem Freund Meginhard zu Ohren und er hat alle Schuldscheine des Altenburgers aufgekauft. Am nächsten Johannisfest sind sie verfallen. Und wenn Kunz von Altenburg dann nicht über das Geld verfügt, die Scheine auszulösen, muss er die Burg seiner Väter verlassen, weil sie dann Meginhard von Felsberg gehört.“

„Auch ein schlauer Plan, eine alte Fehde zu beenden.“ Der Landgraf lacht. „Der Altenburger muss das Land verlassen und ihm bleibt nur die Wahl, irgendwo als braver Bauersmann sein Leben zu fristen oder mit dem König auf den Kreuzzug zu gehen. Wenn Ritter Kunz aber siegt, dann sind seine Schulden getilgt. Denn mindestens diese Summe wird das Lösegeld betragen. Und vielleicht muss der Felsberger noch einen hübschen Batzen Geld drauflegen.“

„So ungefähr wird sich Kunz von Altenburg das gedacht haben“, nickt der Falkenberger. „Und er hat ja schon in drei Tjosts (= Einzelkämpfe) bewiesen, was er für ein harter Kämpfer ist. Wenn ihm die Engel und die Heiligen nicht helfen, wird Meginhard von Felsberg im Kampf unterliegen.“

Das Kettenhemd klirrt um den Körper des Felsbergers. Geschickt schnallt der Knappe jetzt den Brustpanzer an und umgürtet den Grafen mit dem Wehrgehänge, an dem neben der Scheide mit dem Langschwert noch ein Dolch und ein kurzer Streitkolben befestigt sind. Ein weit wallender Umhang aus blauem Wollstoff wird über die breiten Schultern gelegt. Während sich der Ritter auf einem Betschemel vor einem im Zelt aufgehängten Kruzifix kniet, um Gott um den Sieg zu bitten, eilt Georg von Schaumburg, der Knappe, nach draußen, um den „Donnerer", das mächtige Brabanter Schlachtross des Grafen, heranzuholen.

Fast alle Leute aus der Siedlung um die Felsburg und der umliegenden Dörfer drängen sich um die Schranken, die den Turnierplatz absperren. Nur die Herrn und Damen vom Adel und einige besonders wohlhabende Leute der Siedlung am Fuß der Felsburg, die mit ihrer Umwallung und der Kirche fast schon einer Stadt gleicht, waren auserwählt, auf dem hochgezimmerten und mit Tüchern verhängten Gerüst zu sitzen, von wo auch der Landgraf das Turnier beobachtet. Die Bauern aus der Umgebung dagegen umstehen den abgesperrter Turnierplatz. Auch für sie hat es Wettkämpfe im Speerwurf und Bogenschießen gegeben. Und der Landgraf hat zufrieden festgestellt, dass die Landmannen dieser Gaue sehr gut zu schießen und zu werfen verstehen. Thomas von der Scholle aus dem Dorf Rhünda aber hat die meisten Treffer erzielt und ist vom Landgrafen mit einer Kette aus Bronze zum König der Schützen ernannt worden. Und dieser König hat sich, im Gegensatz zu dem sparsamen Landgrafen, nicht lumpen lassen, sondern für alle Mannesleut seiner Dorfgemeinschaft aus der Siedlung einen mächtigen Bottich Bier gekauft. Das Schaf und die zwei Ziegen, die er dafür geben muss, machen den reichen Bauern nicht ärmer. Und so sind die Männer von Rhünda jetzt eifrig damit beschäftigt, den Labetrunk in ihre Kehlen fließen zu lassen. Überall im Land ist bekannt, dass die Rhündaer saufen wie die Prälaten, wenn es irgendwo Bier gibt. Und ein Fest in diesem Dorf ist erst dann beendet, wenn nicht der kleinste Tropfen des edlen Gerstensaftes mehr vorhanden ist.

Die Wappnung des Felsbergers ist beendet. Mit klirrenden Schritten verlässt er das Zelt. Knechte haben eine Art Treppe neben das mächtige Schlachtross getragen. Durch die schwere Eisenrüstung ist es einem gepanzertem Ritter nicht möglich, sich normal in den Sattel zu schwingen. Zwei Knechte geben Hilfestellung, dass der Felsberger richtig auf dem Rücken des Pferde zu sitzen kommt.

Meginhard von Felsberg lenkt den „Donnerer" hinüber zu dem Gestell, an dem die Lanzen angelehnt sind. Sein Gegner auf der anderen Seite hat diesen Punkt schon erreicht. Der Felsberger erkennt, dass der Altenburger einige Mühe hat, sein tänzelndes Pferd zu beruhigen.

Wie es die Sitte erfordert, nehmen die beiden Gegner noch einmal die Helme ab. Das ist unbedingt notwendig, damit jeder sieht, dass nicht ein anderer Streiter den Kampf ausführt. In späteren Jahren, wenn andere Helme aufkommen, wird man nur das Visier öffnen. Und diese Handbewegung wird bis in die heutige Zeit der Gruß der Soldaten sein.

Auf eine Handbewegung des Landgrafen beginnen die Fanfaren zu schmettern. Georg von Schaumburg schiebt seinem Herrn den Schild über den linken Arm, nachdem dieser den Helm wieder aufgesetzt hat. Einer der Knechte reicht dem Ritter eine Lanze, an deren Spitze das tödliche Eisen blinkt.

In der Mitte des Turnierplatzes erscheint jetzt Werner von Falkenberg hoch zu Ross. Als Marschall des Turniers muss er bei einem solchen Kampf in unmittelbarer Nähe sein und darauf achten, dass der Kampf nach den Regeln durchgeführt wird. Und er wird sofort eingreifen, wenn diese Regeln verletzt werden.

Das Ende der Fanfarenstöße ist das Zeichen zum Anritt. Scharfe, fast fingerlange Sporen zerfurchen das Fell des Pferde. Mit einem schrillen Wiehern springt der mächtige Brabanter aus dem Stand in gestreckten Galopp. Nur die „Schranke“, eine langgezogene Bretterwand, die den Kampfplatz in der Mittel teilt, trennt die aufeinander zustürmenden Gegner. Die Hufe der Schlachtrosse wirbeln Gras und Erde auf während sich die Lanzen langsam senken.

Jetzt verflucht Meginhard von Felsberg seine Bequemlichkeit, dass er nicht öfters mit seinem Knappen oder anderen Waffenknechten Scheinkämpfe in voller Rüstung durchgeführt hat. Wer konnte auch annehmen, dass er, ein Graf, noch einmal zu einem Kampf in die Schranken gerufen wurde. Die Rüstung passt schon lange nicht mehr und drückt schmerzhaft an allen Ecken. Dem rechten Arm will es kaum gelingen, die Lanze zu halten und der ungefügige Schild lässt sich nur schwer emporheben. Dazu kommt, dass durch den schmalen Schlitz im Helm kaum etwas zu sehen ist und die Sonne das Metall so aufgeheizt hat, dass Meginhard von Felsberg der Schweiß aus allen Poren ausbricht.

So gut es geht versucht der Felsberger mit der Lanze auf den Körper des Gegners zu zielen. Doch bevor sich seine Augen an den Sehschlitz des Helmes wieder gewöhnt haben, ist der Anprall da.

Die Lanze des Felsbergers war so schlecht gezielt, dass sie nicht einmal den Schild des Gegners trifft, sondern an der Rüstung vorbeigeht und sich im flatternden Umhang des Altenburgers verfängt. Der hat jedoch gut getroffen. Die Lanze wird nur schwach vom Schild des Felsbergers abgewehrt. Sie gleitet ab und schon hat ihre Spitze die Rüstung und das Kettenhemd durchbohrt und reißt oberhalb des Schlüsselbeins die Schulter auf. Durch den Anprall wird Meginhard von Felsberg nach hinten geschleudert, jedoch vom hohen Sattelbogen daran gehindert, nach hinten zu stürzen. Vor Schmerz lässt er jedoch die Lanze fallen und auch der Schild entsinkt seiner Hand. Wie ein Schilfrohr im Wind schwankt er im Sattel. Nur Georg, sein Knappe, sieht, dass der Felsberger versucht, den Helm abzunehmen und so anzuzeigen, dass er aufgibt. Mit der Wunde ist er nicht mehr fähig, weiter zu kämpfen.

Doch der Kampf geht auf Leben und Tod. Und das, was Meginhard von Felsberg unter seinem Helm brüllt, ist nicht zu verstehen. Am wenigsten versteht es der Gegner, der eben sein Pferd pariert hat und es jetzt geschickt wendet. Die Spitze der Lanze sprenkelt rote Blutstropfen.

Die Finger des Landgrafen verkrallen sich in den Armlehnen seines Hochsitzes. Er weiß nicht, wie schwer die Verwundung des Felsbergers ist und hofft, dass er sich nun mit dem Schwert zur Wehr setzen wird. Im Kampf mit der Lanze mag nicht jeder Ritter besonders geschickt sein. Aber ein Schwert muss er auf jeden Fall führen können.

Nur Georg von Schaumburg erkennt, dass sein Ritter völlig wehrlos ist. Und dass ihn Kunz von Altenburg beim nächsten Ansturm töten wird. Das aber darf nicht geschehen. Der Graf von Felsberg, sein Ritter, darf nicht sterben. Ohne sich über die Folgen seiner Handlung Gedanken zu machen stürmt der Knappe auf den Kampfplatz. Doch nicht zum Pferd seines Herrn, um das Tier aus der Bahn zu zerren – sondern genau dem anreitenden Altenburger entgegen.

Kunz von Altenburg lacht unter dem Helm. Was dieser Knappe tut, wird mit dem Tod bestraft. Niemand, der kein Ritter ist, darf während der Kämpfe einen Turnierplatz betreten. Er wird diesen frechen Knappen mit der Lanze durchbohren und dann niederreiten. Mag er seinen Herrn dann schon mal in der Hölle ankündigen. Wenn der Graf von Felsberg tot ist, wird man sicher mit den Erben ein Abkommen über die Schuldscheine treffen können. Immerhin sind sie ihm ja zu Dank verpflichtet, dass sie das Erbe lange vor der Zeit antreten können.

Georg sieht die Lanze auf sich zukommen. Im letzten Augenblick springt er zur Seite, ergreift die Lanzenspitze mit beiden Händen und reißt sie nach unten. Die Spitze bohrt sich tief in den Boden und der Altenburger muss sie fallen lassen, wenn er nicht aus dem Saftel gerissen werden will.

Schäumend vor Wut zügelt Kunz von Altenburg sein Ross und reißt es herum. Im gleichen Augenblick sinkt Meginhard von Felsberg vom Pferd. Sofort ist der treue Knappe bei ihm und zerrt den Helm von seinem Kopf. Schon hat Kunz von Altenburg das Schwert gezogen und reitet wieder an. Sofort ist Georg auf den Beinen. Mit einem Sprung ist er auf dem Rücken des „Donnerers". In seiner Hand blitzt das Schwert des Felsbergers, das er im Aufspringen aus der Scheide gerissen hat.

„Halt!", donnert die Stimme des Landgrafen und das Pferd des Marschalls scheint nur so über den Platz zu fliegen. Wütend brüllt Kunz von Altenburg auf, als der Falkenberger sein Pferd zwischen ihm und dem Knappen pariert und ihm gebieterisch den Stab entgegenstreckt, der ihn zum unumschränkten Herrn des Turniers macht.

„Bleibt in den Schranken, Herr von Altenburg!", ruft Werner von Falkenberg gebieterisch, während Knechte mit einer Trage herbeilaufen und den stöhnenden Felsberger zu seinem Zelt schaffen. „Du aber, Knappe, folge mir hinauf zum Landgrafen, wo du nach der Schwere deiner Tat die Strafe erleiden wirst."

***

„Wenn der Helfer aus edler Gesinnung gehandelt hat, kann die Todesstrafe durch Schläge abgemildert werden", erklärt der Kanzler des Landgrafen, nachdem Georg dem Landesherrn erklärt hat, warum er eingreifen musste.

„Wenn ihr, hoher Herr, diesen Knappen auch begnadigt. Ich werde ihn wie einen tollen Hund mit dem Schwert erschlagen, weil er sich mir, einem Ritter, in den Weg gestellt hat", grollt der Altenburger, der sein Pferd unter die Loge des Landgrafen gelenkt hat. „Und dann verlange ich, dass sich mir Meginhard von Felsberg noch einmal entgegenstellt. Der Kampf ist noch nicht entschieden."

„Habt ihr nicht gehört, dass euer Gegner kampfunfähig ist." Der Landgraf zieht die Brauen hoch. „Nehmt Abstand vom Kampf und lasst ihn als unentschieden gelten."

„Ich denke nicht daran", faucht Ritter Kunz, der sehr gut weiß, dass er auf diese Art kein Lösegeld in Form der Schuldscheine fordern kann. „Meginhard von Felsberg trete an – oder jeder andere Ritter, der für ihn kämpfen will." Er weiß selbstverständlich, dass es kaum jemand wagen wird, gegen den grimmigen Altenburger auf Tod und Leben zu bestehen. Und deshalb setzt er hinzu: „Aber ich fürchte, der einzige Mutige am Hof des Felsbergers ist dieser Knappe gewesen."

„Zur rechten Zeit erinnert ihr mich an diesen jungen Mann." Um die Lippen des Landgrafen spielt ein Lächeln. „Er hat gezeigt, dass er ein kühner Krieger wird. So einem lässt man nicht wegen des Bruchs eines Turniergesetzes den Kopf abschlagen."

„Dann lasst ihm wenigstens das Fell ordentlich gerben", brummt Kunz von Altenburg. „Wie viele Schläge soll dieser Frechling erhalten."

„Nur einen" sagt der Landgraf und erhebt sich. „Knie nieder, Knappe." Eine herrische Handbewegung und schon ruht das Schwert des Felsbergers, dass Georg in die Loge mitgenommen hat, in seiner Faust.

„Im Namen Gottes, des heiligen Michael und des heiligen Georg! Nimm diesen Schlag und keinen weiteren“, vernimmt Georg von Schaumburg die Stimme des Landesherren, während die Spitze des Schwertes seine rechte Schulter berührt. „Denn es ist der letzte Schlag, den du ungestraft hinnehmen musst. Lebe künftig so tapfer und treu, dass dich niemand mehr zu schlagen braucht. Wenn man dich aber schlägt, dann wehre dich!“ Mit den letzten Worten hält ihm der Landgraf das Schwert des Felsbergers hin. Eine Röte überfliegt das Gesicht des Jungen, der jetzt lange vor der Zeit zum Ritter geschlagen ist.

„Erhebt euch, Ritter Georg von Schaumburg!“ Gnädig winkt der Landgraf mit der Hand, nachdem der junge Ritter das Schwert empfangen hat.

„Findet Meginhard von Felsberg nun einen Streiter, der für ihn kämpfen will?“, lässt sich von unten die Stimme Werner von Falkenbergs vernehmen, der sein Pferd ebenfalls an der Loge des Landgrafen verhalten hat.

„Ich ... hoher Herr ... bitte ... ich!“, stammelt der junge Ritter und der Landgraf nickt, weil er auch nichts anderes erwartet hatte.

„Die Lanze scheidet für diesen Kampf aus, da der junge Ritter noch keine passende Rüstung besitzt“, erklärt der Marschall. „Als Handwaffen mögen Schwert, Morgenstern und Streitaxt gelten. Dazu der Schild als Wehr. Ihr, Herr von Altenburg, mögt selbst entscheiden, ob ihr gerüstet bleiben wollt.“

„Ich behalte die Rüstung und wähle den Morgenstern als Waffe“, erklärt Ritter Kunz nach kurzem Nachdenken.

„Und ihr, Ritter von Schaumburg?“ Georg errötet, als er aus dem Munde des Turniermarschalls zum ersten Mal dieses Wort hört.

„Das Schwert Meginhards von Felsberg wird in meiner Hand für ihn streiten“, gibt der Junge zurück. Da der Felsberger wenig in den Kampf zog und auch die Waffenübungen vernachlässigt hat, ist das Schwert die einzige Ritterwaffe, mit der sich Georg gut auskennt. Niklas, der alte Waffenknecht, der in seiner Jugend mit dem Heer des Kaisers nach Italien gezogen ist, hat dort eine besondere Art des Fechtens kennen gelernt und an Georg weiter vermittelt. Kein wildes, ungestümes Einhauen auf den Gegner, sondern ein wahrer Tanz der Klingen, in dem der Stich genau so viel wert ist wie der Hieb. Dass der Altenburger den Morgenstern gewählt hat, macht Georgs Hoffnungen jedoch zunichte.

Der Kampf wird direkt unter der Loge des Landgrafen stattfinden. Der Knappe des Altenburgers bringt die geforderte Waffe. An einem kurzen Schaft hängt, an einer starken Kette schwingend, eine faustgroße, mit daumennagellangen Stacheln bewehrte Eisenkugel.

Der Morgenstern. Nur ein sehr kräftiger Arm mag diese auch die stärksten Schilde und Rüstungen brechende Waffe zu schwingen. Georg weiß, dass ein richtiger Treffer auf den Schild den Arm darunter zertrümmern kann. Und wenn die Eisenkugel seinen von keiner Rüstung geschützten Körper trifft, ist es vorbei.

Die Regel des Turniers verlangt, dass ein Kampf mit dem Morgenstern zu Fuß ausgetragen wird, um die kostbaren Pferde zu schonen. Das gibt Georg, der trotz des schweren Schildes sehr beweglich ist, einen kleinen Vorteil. Der Altenburger dagegen verzichtet nur auf den Helm, der sein Sichtfeld einschränkt.

Das Sinken des Stabes in der Hand des Marschalls ist das Zeichen, dass der Kampf beginnen kann. Und im gleichen Augenblick kann Georg gerade noch den Schild hoch reißen, um den Morgenstern abzuwehren. Es gelingt ihm, die Wucht des Schlages nicht voll zu nehmen sondern durch eine Drehung der Wehr die Kugel beiseite zu stoßen. Kunz von Altenburg wird vom Gewicht der Eisenkugel und der Wucht des Hiebes nach vorn gerissen.

Georg springt drei Schritte zurück. Er hat keine Erfahrung im Kampf mit dem Morgenstern. Ungestüm dringt er vor und lässt eine Serie von Hieben auf den erhobenen Schild des Gegners prasseln. Ein geschickter Stoß zwischen den Hieben unter dem Schildrand hindurch gleitet jedoch an der Brustpanzerung ab. Und gleich muss er fünf Schritte zurückspringen, weil der Altenburger mit dem Morgenstern von unten her auf Georgs ungeschützte Beine zielt.

Blitzschnell versucht Georg den nächsten Hieb von oben herab mit dem Schwert zu begegnen. Ein klirrendes Kreischen mit dem die Kette um die Klinge wirbelt. Dann reißt der Altenburger mit seiner urtümlichen Kraft die Waffe zurück. Das Schwert, das sich in der kurzen Kette verfangen hat, wird Georg aus der Hand gerissen, sirrt durch die Luft und bohrt sich mit der Spitze in den Boden, wo die Klinge zitternd stecken bleibt. Laut schreiend fahren die Zuschauer auf den Rängen von ihren Plätzen und die Bauern rund um den Kampfplatz brüllen wie die Zugochsen bei Gewitter. Auch der Landgraf ist aufgesprungen und ballt die Fäuste.

Georg von Schaumburg ist waffenlos. Aber wehrlos ist er nicht. Denn die Wehr, der Schild, ist ihm geblieben. Und da er diesen nicht wegwirft und zum Zeichen der Aufgabe in die Knie sinkt und die Hände in gefalteter Form als Bitte um das Leben nicht emporhebt, geht der Kampf weiter.

Mit einer Serie wilder Hiebe versucht der Altenburger, den Schild des Gegners zu zerschmettern. Zwar gelingt es Georg mit mehr Glück als Können immer wieder, die Hiebe abzuwehren, doch der Schild des Felsbergers wird nach und nach zerschrotet. Erst sind es Späne, dann ganze Stücke, die aus dem Holz unter der aufgehämmerten Metallschicht des Schildes herausbrechen.

Georg weiß, dass er nur eine einzige Chance hat. Gelingt es, ist er der Sieger. Wenn nicht – ist er tot.

Schon während des Kampfes hat er festgestellt, wie schwer es für den Schwinger des Morgensterns ist, das Gewicht der Eisenkugel während des Hiebes zu bremsen. Mit wildem Gebrüll und vorgestrecktem Schild dringt er auf den Altenburger ein. Lachend schwingt Ritter Kunz den Morgenstern. Dieser unerfahrene Ritter ist am Ende seiner Kräfte und macht nun einen letzten Ausfall mit seinem Körper. Dieser letzte Hieb wird den Kampf entscheiden. Die Kugel an der Kette fliegt hob empor und der starke Arm des Ritters reißt die Waffe nach vorn zum Treffer.

In diesem Augenblick geschieht etwas, womit Kunz nicht gerechnet hat. Georg von Schaumburg hat den Arm nicht mehr hinter die Schildbänder geschoben, sondern er hält nur noch den Griff. Jetzt duckt er den Kopf ab und wirft den Schild auf den gekrümmten Rücken. Dann erfolgt der doppelte Anprall.

Die Stacheln des Morgensterns verbeißen sich im Schild. Da dieser jedoch nicht festgehalten wird, sondern lose auf dem geduckten Rücken aufliegt, wird die Wucht des Anpralls gemildert. Zwar glaubt Georg, dass ihm das Rückrat mitsamt aller Knochen zerschmettert wären. Doch gleichzeitig dröhnt sein Kopf gegen den Brustpanzer des Gegners. Seine Hände greifen zu, verkrallen sich im Kettenhemd, das die Arme schützt und reißen den Altenburger empor. Der wird durch den Zug der Kette nach vorn gerissen, stürzt über den gekrümmten Rücken des Jungen und geht hinter ihm klirrend zu Boden.

Am liebsten möchte Georg von Schaumburg liegen bleiben. Sein Körper schmerzt vom Treffer des Morgensterns, den der Schild gleichmäßig verteilt hat und der Kopf brummt wie ein Bienenstock beim Hochzeitsflug der Königin. Doch er muss aufstehen, bevor sich Kunz von Altenburg erheben kann. Mit drei Sprüngen ist Georg bei seinem Schwert und drei Atemzüge später liegt die Klinge am Hals des Altenburgers, der mit der schweren Rüstung kaum auf die Beine kommt und jetzt die Hände zum Zeichen der Aufgabe emporhebt. Georg zieht die Waffe zurück und grüßt den Gegner höflich mit der erhobenen Klinge.

Der erste Kampf eines jungen Ritters ist zu Ende. Und der erste Sieg ist errungen. Und als ihn der Marschall zum Hochsitz des Landgrafen führt, ahnt Georg von Schaumburg nicht, dass er einmal mit jenem großen Kaiser, den die Geschichte als Friedrich Barbarossa kennt, in Italien viele Kämpfe bestreiten und großen Ruhm ernten wird.

Doch das ist eine andere Geschichte...

© Helen 03

# Schneezeit

„Im Hornung müssen die Stürme fackeln – dass dem Ochsen die Hörner wackeln!", brummt Bodo von Marsberg in seinen Bart. Der vom Osten heranpeitschende, mit Eiskörnern gemischte Schnee lässt die Zierde seines Antlitzes rasch zu Eiszapfen werden. Vergeblich bemüht sich die Mittagssonne, einige Strahlen durch den bleifarbenen Himmel zu senden. Auch jetzt, im Februar, hält der gestrenge Herr Winter die Welt noch voll in seinem eisigen Würgegriff.

Bis zum Christfest war das Wetter noch nicht sonderlich kalt und es ist trocken geblieben. So konnte in den Tagen des Advent das Leben auf der Kugelsburg noch seinen gewohnten Gang gehen. Und, hol's der Teufel, wenn es nicht gerade der Tag der Geburt des Erlösers gewesen wäre, so hätte Ritter Bode auch noch den mächtigen Zwölfender gejagt, dem er im ganzen Herbst nachgestellt hat. Aber immer wieder ist es dem kapitalen Hirsch gelungen, die Reihen der Treiber zu durchbrechen und der Ritter hat fast eins seiner Pferde zuschanden geritten, um den König der Wälder zur Strecke zu bringen.

An dem Tag aber, wo einst fern im Morgenland der Heiland der Welt geboren ist, schien das Tier genau zu wissen, dass zum heiligen Fest Hirschfänger und Jagdspieß in der Kammer bleiben müssen. Als Bodo von Marsberg am frühen Morgen hinunter nach Volkmarsen ritt, um noch einige Dinge mit dem Bürgermeister zu bereden, hat dieser Hirsch auf dem Weg vom Berg herab mehrfach seinen Weg gekreuzt und ihn immer herausfordernder angesehen.

„Man sollte ein Muselmann werden", hatte der Ritter gegrollt. „Der Prophet Mohammed hat die Jagd an diesem Tag ganz gewiss nicht verboten." Bodo von Marsberg muss das wissen, weil er in seiner Jugend auch das Kreuz genommen hat. Doch im heiligen Land hat es kaum Kämpfe gegeben, weil Kaiser Friedrich von Hohenstaufen, der Enkel des legendären Barbarossa, sich mit den Muselmanen friedlich geeinigt hat. Nun, man erzählt sich, dass Kaiser Friedrich II. in Palermo auf der fernen Insel Sizilien, wo er als Knabe aufwuchs, viele Freunde unter den dort lebenden Sarazenen hatte und nicht nur ihre Sprache spricht, sondern auch ihre Religion und Mentalität genau kennt. So war es möglich, sich mit dem Sultan zu einigen, dass dieser christlichen Pilgern gestattete, Jerusalem und die heiligen Stätten der Christenheit in Frieden zu besuchen und dort zu beten.

Ohne einen Schwertstreich konnte Bodo von Marsberg mit den anderen deutschen Rittern in Jerusalem einziehen und in der Kirche des heiligen Grabes beten. Alle kamen gesund und mit heilen Gliedern in die Heimat zurück. Nur der Kurie in Rom hat das nicht gefallen und es wird gemunkelt, dass der Papst den Kaiser sogar in den Kirchenbann getan hat, weil er keinen Krieg geführt, sondern verhandelt hat. Denn Verhandlungen und gütliche Einigungen wären ja wohl nicht Sinn eines Kreuzzuges, der eigentlich zum Ziel hat, die heiligen Stätten den Ungläubigen zu entreißen. Doch Bodo von Marsberg weiß genau, dass der Kaiser, der sich mit einer sarazenischen Leibwache umgibt, mit gelehrten Mullahs diskutiert und dem Koran fast die gleiche Bedeutung wie der christlichen Bibel zumisst, nur durch Verhandlungen geschafft hat, was er bei der geringen Größe seines Heeres mit Waffengewalt niemals hätte erreichen können.

Ach, wenn Ritter Bodo an die Wärme im heiligen Land zurückdenkt. Gut, es war manchmal sehr heiß. Die Sonne brannte vom wolkenlosen Himmel so arg herab, dass Kettenhemd und Rüstung am Körper zu glühen schienen. Doch jetzt, in dieser eisigen Kälte, hätte Bodo gar nichts dagegen, wenn jetzt ein wenig von dem heißen Wüstenwind zu ihm herüberwehen würde.

Die Raunächte nach dem Christfest haben ihrem Namen dann alle Ehre gemacht. Erst peitschte der Regen herab, dann öffnete sich der Himmel und ließ die Welt unter riesige Mengen von Schnee versinken. Dazu orgelte und pfiff der Sturmwind über das Land, dass ängstliche Gemüter tatsächlich an die alte Mär denken konnten, dass Wotan mit dem wilden Heer in diesen Nächten als der Wilde Jäger durch die Lüfte jagt.

Dass der alte Glaube noch nicht überall im Land völlig ausgerottet ist, hat der Ritter schon im Herbst festgestellt, als er sah, dass die Bauern auf jedem Acker eine Garbe stehen ließen, damit das Grauross des alten Heidengottes beim nächtlichen Umritt auch Futter habe. Und in den Dörfern wagt es niemand, in den Nächten zwischen Weihnachten und Neujahr Brot zu backen, weil Wotans Hunde von dem Geruch angelockt werden. Außerdem wird an diesen Tagen keine Wäsche gewaschen. Denn wenn Leinen für die Wäsche gespannt werden, können die Hufe der durch die Lüfte rasenden Rosse der wilden Jägermeute darüber stolpern und die gespenstischen Reiter darüber arg erzürnt werden. Wer will sich schon der Rache des Geisterheeres aussetzen?

Nach den Raunächten ist der Schnee so hoch angestiegen, dass er einem Pferd bis an die Brust geht und es unmöglich ist, hinunter nach Volkmarsen zu reiten. Denn dort unten, im Wirtshaus, brennt ein Feuer im Kamin, auf dem man Fleisch brät und das eine angenehme, wohlige Wärme verbreitet. So lange es irgend ging, ist Bodo jeden Abend hinuntergeritten, um sich bei einigen Krügen Warmbier oder heißem Wein, in den man aromatische Kräuter hineingekocht hat, etwas aufzuwärmen. Die kleinen Räume in den Häusern der Bürger lassen sich trotz der klirrenden Hitze mit etwas Feuerholz angenehm temperieren und der Ritter, der in der Stadt gern gesehen ist, weil er sein Lehen gerecht verwaltet, hat gar nichts dagegen, sich bei der einen oder anderen Familie in die warme Stube einladen zu lassen, wo man mit dem Hausherrn nicht nur über die Dinge des Alltags reden, sondern sich auch gründlich aufwärmen kann.

Ganz anders ist es oben in der Burg. Außer in der Küche und der Kemenate, dem Frauengemach, wo Klothilde, seine Frau, mit ihren Mägden zur Winterszeit die Spinnstube eingerichtet hat und wo das gemeinsame Ehebett steht, ist in keinem der Räume ein Kamin vorhanden. So angenehm die Kühle in den Mauern an heißen Sommertagen ist, wenn die Winterstürme toben und der Schnee sich wie ein weißes Totenlaken über das Land legt, ist es nicht einmal in der kleinen Rüstkammer auszuhalten Es nützt auch nichts, dass man auf Rahmen gezogene Schweineblasen in die Fensteröffnungen geschoben und jede nur erdenkliche Ritze in Gestein oder Gebälk mit Wolle und Moos verstopft hat. Die Kälte ist ins Mauerwerk gedrungen und weicht auch nicht, wenn es der Sonne wirklich einmal um die Mittagszeit gelingt, den wolkenverhangenen Himmel zu zerreißen und einige wärmende Stahlen zur Erde zu senden.

Will es denn überhaupt nicht etwas wärmer werden? Ritter Bodo schlingt den Mantel aus dunkelblauem, englischen Wollstoff, den durchreisende Kaufleute in Flandern gekauft haben und sich hierzulande teuer bezahlen lassen, um den ganzen Körper. Ein so dichtes Gewebe wie diesen Stoff gibt es hierzulande nicht. Darüber hat er einen Umhang aus dem gewachsenen Fell von Schafen geworfen und das Vlies nach innen gekehrt. Doch die Kälte kriecht auch durch die Nähte. Um die Schuhe aus dünnem Leder hat der Ritter Überschuhe aus graugrünem Filz gezogen, damit seine Zehen nicht abfrieren. Kettenhemd und Rüstung? Wer wird bei dieser Kälte so etwas tragen? Die hängen wohlverwahrt und eingefettet in der Rüstkammer. Bei diesem Wetter wird selbst der Battenberger, mit dem Ritter Bodo in ständiger

Fehde liegt, hübsch zu Hause bleiben. Keine Frage, dass Ulrich von Battenberg jetzt genau so vor Kälte zittert wie er selbst.

Ritter Bodo winkt den drei Waffenknechten, die auf der Mauer zitternd einher stampfen, dass sie ihren Posten verlassen können. Es genügt, wenn der Mann oben im Turm Wache hält. Bei diesem Schneetreiben und dieser Kälte wird ganz gewiss kein Feind anrücken. Die Wachtposten, die sonst auf dem Turm oben am Scheid die Gegend ausspähen, hat Bodo von Marsberg schon vor einer Woche abziehen lassen.

Zum Schutz gegen die Kälte hat der Burgherr dem Mann im Turm das dichte Fell eines mächtigen Wisents gegeben, das sein Großvater einmal erlegt hat und das normalerweise im Rittersaal als Wandschmuck dient. Doch in diesen harten Zeiten kommt es nicht auf Schönheit innerhalb der Räume an, sondern darauf, dass sich seine Mannen in der Kälte nicht den Tod holen. Und mit dem Wächterhorn wird auch das wärmende Fell übergeben, wenn die Wache abgelöst wird.

Verwünscht, was würde Bodo von Marsberg darum geben, wenn er jetzt nicht hier oben auf diesem Eispalast hausen müsste, sondern unten in einem der Dörfer in einer schönen, warmen Kate oder in der Stadt einem der schmucken Bürgerhäuser wohnen könnte. Man sollte sich wirklich dort unten ein Häuschen bauen und, wenn es auf dem Berg zu kalt wird, hinunter ins Tal ziehen. Es genügt vollständig, wenn oben in der Burg das Gesinde friert.

Nun, nicht alle frieren. Die Mägde und ein Teil der niederen Knechte drängen sich in der Küche zusammen, wo auch nach dem Zubereiten der Mahlzeiten die heiße Asche der Kochstelle noch etwas Wärme abgibt. Andere haben ihre Wohnstatt in die Stallungen verlegt, weil die Pferde, Rinder und Schafe eben auch etwas Wärme spenden. Der Geruch stört niemanden. In diesen Tagen darf eine Nase nicht besonders empfindsam sein. Und in den Stallungen ist auch genügend Stroh vorhanden, dass man darunter kriechen kann, wenn die Kälte durch den ganzen Körper kriecht. Geschlafen wird in einem gemeinschaftlichen Raum, der kniehoch mit Stroh ausgelegt ist und gemeinsam hält man sich warm. Dass es gelegentlich mal ein Knecht mit einer Magd treibt, gehört bei einem solchen Gemeinschaftslager mit dazu und wird nicht als sonderlich störend empfunden. Hat ihnen der Pfarrer nicht aus der Bibel die Worte „Seid fruchtbar und mehret euch“ vorgelesen? Also so kann das, was dort unter den Decken geschieht, während rings umher Schnarchlaute ertönen, schließlich keine Sünde sein. Und wenn der liebe Gott dann ein Kind entstehen lässt, ist das auch nicht weiter schlimm. Sie werden rasch groß und können schon als Kinder in der Hauswirtschaft der Burg ordentlich mit zufassen. Wenn man Glück hat, steht sogar der Ritter bei der Taufe Gevatter. Und als Pate hat er dann eine gewisse Verpflichtung für die Erziehung des Kindes mit übernommen. Aber meist ist es so, dass die Kleinen kaum das erste Jahr überleben. In dieser rauen und gnadenlosen Welt überlebt nur, wer zäh und stark genug ist. Und das gilt nicht nur für die Kinder der Knechte, sondern auch für die der hohen Herrschaften.

Einige Knechte und Mägde haben alte Pferdedecken zusammengenäht und zwischen diese Heu gestopft. Das haben die Frauen sich an den Betten in der Kemenate abgeguckt. Nur dass die Decken, die der Ritter und Frau Klothilde benutzen, hier mit Gänsefedern gefüttert sind. Als Matratzen werden aber auch dort nur einfache, mit Stroh gefüllte Säcke benutzt.

Vor drei Tagen, an Mariä Lichtmess, hatte man auf etwas mehr Wärme gehofft. Doch dann blies der Wind wieder vom Osten aus dem Land, wo die Tataren und das wilde Volk der Moskowiter wohnen. Wann endlich wird der Sturm seine Kraft verlieren und der Lenz ins Land Einzug halten? Doch wenn es nach dem Reißen im Bein des alten Arnulf geht, der trotz seines hohen Alters immer noch im Stall den Rossen Hafer gibt und die kostbaren Tiere bei Krankheiten meisterhaft zu kurieren versteht, wird der Frühling noch mindestens einen Mond auf sich warten lassen.

Einen ganzen Mondumlauf noch? Bis dahin ist Bodo von Marsberg ein Schneemann und kann ausziehen, den Minnehof der Eiskönigin zu suchen.

Wenn es doch nur schon Nacht würde, dass Ritter Bodo zu seinem getreuen Eheweib in die Kemenate huschen kann. Denn die ist nicht nur durch das Kaminfeuer erwärmt, sondern man kann sich dort auch unter die kuschelige Federdecke verkriechen.

Hohles Krächzen lässt den Ritter zum Himmel starren. Mehrere dunkle Schatten umkreisen den Turm und lassen sich dann auf die Mauer herabsinken. Die Krähen wissen ganz genau, dass der Zweibeiner dort ein gutes Herz hat und sie nicht verhungern lässt. Und richtig. Der Ritter greift in die Falten seines Wamses und bringt zwei handtellergroße Brote hervor, die er vom Frühstück abgespart hat. Mit klammen Fingern zerpflückt er sie in kleine Stücke und wirft sie den hungrigen Vögeln zu.

Hungrige Vögel? Aber nicht die Krähen. Überall im Wald verendet jetzt das Wild, weil es unter der dichten Schneedecke kein Futter findet und das Benagen der Borke kein Ersatz für Grünzeug ist. Meister Isegrimm, der Wolf, der überall noch in Rudeln durch die Wälder streift, hat seine guten Tage. Und auch Gevatter Reinecke, der Fuchs, findet an dem, was die Wölfe übrig lassen, noch genug um sich den Wanst voll zu schlagen. Was ihn allerdings nicht davon abhält, dennoch die Hühnerställe und die Gänsehürden der Bauern zu umschleichen. Auch der Luchs und die kleinen Räuber wie Marder und Wiesel leben recht gut vom verendeten Wild, das Wolf und Fuchs nicht gänzlich auffressen können. Und was die von der Tafel Isegrimms und Reineckes übrig lassen, reicht allemal aus, einen Schwarm Krähen zu sättigen.

Die schwarzen Rabenvögel haben zwar eben erst an den Überresten eines Rehes eine ordentliche Mahlzeit gehalten, aber etwas Brot zum Fleisch, das kann nie verkehrt sein. Und wenn was übrig bleibt – nun, es werden sich rasch andere gefiederte Gäste einfinden, um die Reste der Festtafel auf der Burgmauer zu vertilgen. Unter dem Gebälk, von dem das Dach des Palas, der Haupthauses der Burg, getragen wird, lauern schon die Heerscharen der Spatzen...

Verfluchte Kälte. Warum tut er, Bodo von Marsberg, sich das an, hier draußen auf der Mauer einherzustapfen. Oben in der Kemenate hocken die Weiber an ihren Spinnrocken oder Stickrahmen und schwätzen. Die haben ihr Feuerchen im Kamin und denen ist nicht kalt. Und wenn einer oder mehrere Knechte kommen um neue Holzscheiten zu bringen und die Gelegenheit nutzen, sich einige Zeit aufzuwärmen, werden sie auch nicht sofort vor die Tür gewiesen.

Natürlich könnte auch Ritter Bodo, der Hausherr, jetzt einfach in die Kemenate gehen und seinen halb erfrorenen Körper etwas auftauen. Aber dann wird seine Klothilde wieder zu höhnen beginnen, er würde langsam alt und vermöchte gar nichts mehr auszuhalten. Hat er nicht immer erzählt, wie er als junger Knappe, um eine Botschaft seines Herrn an den Hof des Landgrafen zu überbringen, im klirrend kalten Winter die Fulda bei Eisgang durchschwommen hat? Und dass er als junger Ritter an Kaiser Friedrichs Seite über die verschneiten und vereisten Alpen hinunter ins Wonneland Italien gezogen ist?

Natürlich hat er diese Dinge damals gemacht. Aber das ist inzwischen auch zwanzig Sommer her. Nicht, dass sich Ritter Bodo alt vorkommt ... nein ... nein ... er ist trotz der fünfundvierzig Winter, die er gesehen hat, noch jung und kräftig und steht seinen Mann... nur eben, die Jahre...

Verweichlicht? Da sei Gott vor! Er und verweichlicht! Was ein Bodo von Marsberg aushält, das sollen ihm die jungen Burschen, die man heute zum Ritter schlägt, erst mal nachmachen. Eine Wette drauf, dass die bereits auf ihren Burgen in der Kemenate sitzen ... selbstverständlich nur, um mit den Damen und ihren Zofen feinsinnige Unterhaltungen zu führen und die Hohe Minne zu pflegen. Oder aber in einem Bürgerhaus oder einer Bauernkate – wo sie sich mit des Meisters Töchterlein oder des Bauern Magd im Bett oder im Heu der niederen Minne hingeben ...

„Eine Kälte, dass die Hölle gefrieren möchte!“, knirscht es durch die Zähne des Ritters, als er die klammen Finger wieder unter dem Umhang verbirgt. Mag seine Klothilde sagen, was sie will. Die Kälte tut weh. Und Bodo sieht nicht ein, warum er, der Herr des Hauses, hier draußen frieren soll. Sorgsam schließt er die Tür hinter sich zu, als er jetzt den geräumigen Rittersaal betritt.

Hier ist es genau so kalt wie draußen und Bode durchmisst den Raum mit raschem Schritt. Der mächtige Eichentisch ist abgeräumt und die schweren Stühle sind einigermaßen zurechtgerückt. An einer der Wände hängt ein bestickter Wandteppich, den Bodo als junger Mann in Italien erbeutet hat, als der Kaiser eine Stadt, die er berannt hat, seinen Mannen zur Plünderung freigegeben hat. Das Geschirr aus Gold und Silber, das er damals auch hat mitgehen lassen, musste aber schon vor Jahren beim Juden versetzt werden, um notwendige Reparaturen am morschen Gebälk der Burg zu bezahlen. Der Bauer ist ihm, dem Herr des Lehens, zwar zu Hand- und Spanndiensten verpflichtet. Der Zimmermann aus der Stadt aber will Geld, wenn er hier oben auf der Burg arbeitet. Und das nicht zu knapp. Unten in der Stadt werden die Handwerker reich, während die Ritter auf ihren Burgen langsam aber sicher verarmen.

So, nun noch die schmale, gewundene Treppe zum oberen Stockwerk hinaufsteigen und der Ritter steht vor der Tür, hinter der sich das Refugium seiner Frau und gleichzeitig das gemeinsame Schlafzimmer befindet. Durch das dicke Eichenholz sind scherzende Stimmen zu vernehmen. Da muss es ja recht lustig zugehen. Während er, der Ritter und Herr dieser Burg, draußen langsam zum Eiszapfen wird, geht es hier schon zu wie auf der Fastnacht.

Entschlossen stößt Bodo von Marsberg die Tür auf und stapft in den Raum. Dem spöttischen Blick Klothildes setzt er ein durch die Zähne gestoßenes: „Sag nichts. Sag einfach nichts!“, entgegen. Die Burgherrin verschluckt die Worte, die ihr über die Lippen rutschen wollten. Aber der spöttische Blick bleibt.

„Raus!“, ranzt Bodo die beiden Knechte an, die sich eben am Feuer wärmen. „Schert euch raus! Ihr wisst doch genau, dass sich in diesem Raum nur die Herrschaften aufhalten dürfen.“

„Aber wir haben ... wir sollten ... wir mussten...“, bringt einer der Knechte hervor.

„Ich habe ihnen befohlen, neue Scheite zu bringen und aufs Feuer zu legen“, unterbricht Klothilde das Gestammel. „Und wie du siehst, mein lieber Gemahl, haben sie nach meinem Willen getan.“ Der Ritter grunzt und bemerkt befriedigt, dass die Flammen eben an den starken Stämmen, die auf die Glut gelegt wurden, zu lecken beginnen.

„Geht zum Teich, ihr guten Leute und hackt ein Loch in das Eis“, flötet Klothilde. „Der Herr Ritter beliebt, nachher ein Bad zu nehmen. So wie damals in seiner Jugend." Bodo von Marsberg knurrt wie ein gereizter Bär, den die Jäger in seiner Höhle aus dem Winterschlaf aufschrecken.

„Sag bloß nicht, dass es kalt draußen ist, lieber Bodo!" Klothilde von Marsberg hat eine Zunge, die so spitz ist, dass sie mit jedem Dolch wetteifern könnte." „Kalt nicht. Nur etwas kühl und zugig", knirscht der Ritter durch die Zähne, baut sich vor dem Kamin auf und reibt die Hände ineinander, damit wieder etwas Gefühl hineinkommt. „Ich werde dich im Sommer, wenn du stöhnst, weil die Sonne dir die Rüstung aufheizt und du unter dem Harnisch brätst wie eine Gans im Topf, an diese schöne Kühle erinnern." Als Gott die Bosheit verteilte, hat sich Klothilde dreimal angestellt und ist jedes Mal reichlich bedacht worden.

„Sommer! Sonne!", stöhnt Ritter Bodo. „Ich würde den Teufel selbst anbeten, wenn er es auf dieser Burg mal richtig warm werden ließe...!"

Und schon geschieht es. Wenn man den Teufel nennt – kommt er gerennt! Wer den Bösen Feind ruft, zu dem kommt er auch...

Ein leises Knirschen, dann will es das Unglück, dass der Bau der gerade im Kamin aufgelegten neuen Scheite zusammenbricht. Erschrocken macht Ritter Bodo einen Sprung zurück und kann nicht verhindern, dass die brennenden Holzstücke auf den Fußboden der Kemenate rollen und Glut versprühen. Sofort haben die Bodenbretter Feuer gefangen. Und die aus dem Kamin herausgerollten Stämme brennen bereits so stark, dass man sie nicht ohne Feuerzange zurück in den Kamin schieben kann.

„Feuriooo!", gellt der Ruf des Ritters durch die Burg während sich Klothildes Stimme überschlägt, mit der sie ihren Eheherrn für alles verantwortlich macht. Schon hüpfen die Flammen über die Dielen und lecken am Bettgestell empor.

„Du Narr hast selbst gesagt, du willst den Teufel anbeten, wenn er die Burg warm macht!", kreischt Klothilde. „Und jetzt hat der leibhaftige Gottseibeiuns deinen Willen getan. Du bist schuld, Bodo! Nur du ganz alleine...!"

„Wasser her!", brüllt Bodo den herbeieilenden Knechten und Mägden zu. „Haltet nicht Maulaffen feil, sondern bringt Wasser!" Und als erste Maßnahme ergießt sich der Inhalt des Nachtgeschirrs, das der Ritter unter dem Bett hervorgeangelt hat, in die Flammen. Zwar ist der irdene Krug wohl gefüllt, denn wer wird bei dieser Kälte ans andere Ende der Burg auf die Latrine gehen, bei der man noch den Allerwertesten nach draußen hängen muss, damit die Ausscheidungen an der Burgmauer herunterlaufen und sie der nächste Regen wegspült. Aber der Inhalt des Nachtgeschirrs reicht bei weitem nicht aus, die sich in immer größerer Schnelligkeit ausbreitenden Flammen zu löschen. Das Holz der Dielen ist schon einige Jahre alt, pulvertrocken und brennt wie Zunder.

„Herr ... das Wasser ... der Ziehbrunnen ... er ist eingefroren!“, kommt die Schreckenskunde aus dem Burghof. Doch da haben sich die Flammen schon auf den Flur ausgebreitet und Klothilde hat gerade noch einige Dinge zusammengerafft, um die Kemenate fluchtartig zu verlassen.

„Ich hoffe, es ist dir jetzt so warm wie du es gewollt hast“, zischt sie Ritter Bodo bösartig zu, als sie sich an ihm vorbei durch die Tür drängt. Zwar versuchen es Ritter und Knechte noch, mit rasch aufgerafftem Schnee, die Flammen einzudämmen, doch das Feuer ist bereits zum Dachstuhl hinauf.

Der Rote Hahn tanzt auf den hölzernen Schindeln des Palas und springt von dort auf das Stallgebäude über. Der heulende Wind bläst die emporschießenden Feuergarben erst richtig an.

Da ist nichts mehr zu retten. Jedenfalls nicht an den Gebäuden. Mit einem Fluch, der ihn bei der nächsten Beichte gewiss mehr als zehn Vaterunser kosten wird, befiehlt Bodo von Marsberg dem Gesinde, zu retten was zu retten ist und das Vieh aus der Burg zu treiben. Er selbst stürmt in die Rüstkammer und wirft seinen kostbaren Harnisch, die Helme und Panzer der Kriegsknechte und die Waffen einfach aus dem Fenster. Schmiede, Plattner und Schwertfeger unten in der Stadt werden das, was sich unten beim Aufprall auf dem Fels verbiegt, schon wieder richten. Dann bahnt sich Ritter Bodo als letzter durch Feuersglut und Rauch den Weg nach draußen und errafft nur noch die beiden Säcke mit goldenen Dukaten, die er gespart hat. Frau Klothilde hat bereits ihren Zelter bestiegen und einer der Knechte führt das nervös tänzelnde Pferd mit der Burgherrin eben durch das Tor. Zwei der Knechte haben die in ihrer Angst steigenden Pferde am langen Stallhalfter und ziehen sie hinterher, während andere die Kühe und Schafe auf den Hof treiben und die Hühner und Gänse freilassen. Die wird man morgen einfangen – wenn der Fuchs sie nicht holt. Den Schweinen hat man rasch die Hinterläufe zusammengebunden, damit sie nicht ihn Panik entlaufen und einigermaßen ins Tal getrieben werden können.

Ritter Bodo flucht, dass eine Jungfrau erröten und ein Prälat beschämt würde, als er sieht, wie die Burg ein Raub der Flammen wird. Morgen, wenn der Brand erstorben ist, wird er hinaufgehen und feststellen, wie groß der Schaden ist. Natürlich, die Steine des Gemäuers werden stehen bleiben und im Frühjahr wird alles wieder aufgebaut: Aber ihm graust davor, was ihm die braven Werkleute aus der Stadt für diese Arbeit abnehmen werden. Er wird wohl noch auf seine alten Tage Dienst beim Grafen von Waldeck nehmen müssen, der bei seinen ständigen Fehden mit dem Erzbischof von Mainz immer kampferprobte Ritter braucht, um all das zu bezahlen. Hoffentlich denkt der alte Abraham christlicher als es ein Christ tun würde und macht ihm einen geringen Zinsfuß für das Geld, was er bei ihm vorab leihen muss, um die notwendigsten Schäden an der Burg zu richten. Auch, wenn Klothilde immer gegiftet hat, dass er mit den „Ungläubigen“ gute Nachbarschaft pflegte, jetzt wird es dem Ritter zustatten kommen, dass er sich mit den Juden immer gut gestanden hat.

Da brennt es nun, sein trautes Heim. Andererseits hat die Sache auch etwas Gutes. Jetzt ist Bodo von Marsberg gezwungen, unten in der Stadt Wohnung zu nehmen. Nur gut, dass er sich mit den Bürgern von Volkmarsen immer gut gestanden hat. Die werden ihn und sein Gesinde jetzt nicht abweisen. Die Leute aus der Burg werden ganz sicher in verschiedenen Häusern Unterkunft finden. Die restlichen Wintertage verbringt Ritter Bodo also in einem der hübschen warmen Bürgerhäuser von Volkmarsen und nicht in der eiskalten Burg.

Ein letzter Blick zurück zeigt ihm, dass aus allen Fenstern Flammen schlagen und der Brand alle Dachstühle erfasst hat. Ob durch Unachtsamkeit oder durch den Teufel selbst, den Ritter Bodo gedankenlos gerufen hat, die Kugelsburg brennt wie eine entzündete Fackel.

Die ganze Burg? Nein, nicht ganz. Bis zum Turm hinauf gelangen die Flammen nicht. Und dort oben sitzen mit frohem Krächzen die Krähen und freuen sich über die Wärme, die von unten zu ihnen nach oben hinaufdringt.

# Inhaltsverzeichnis



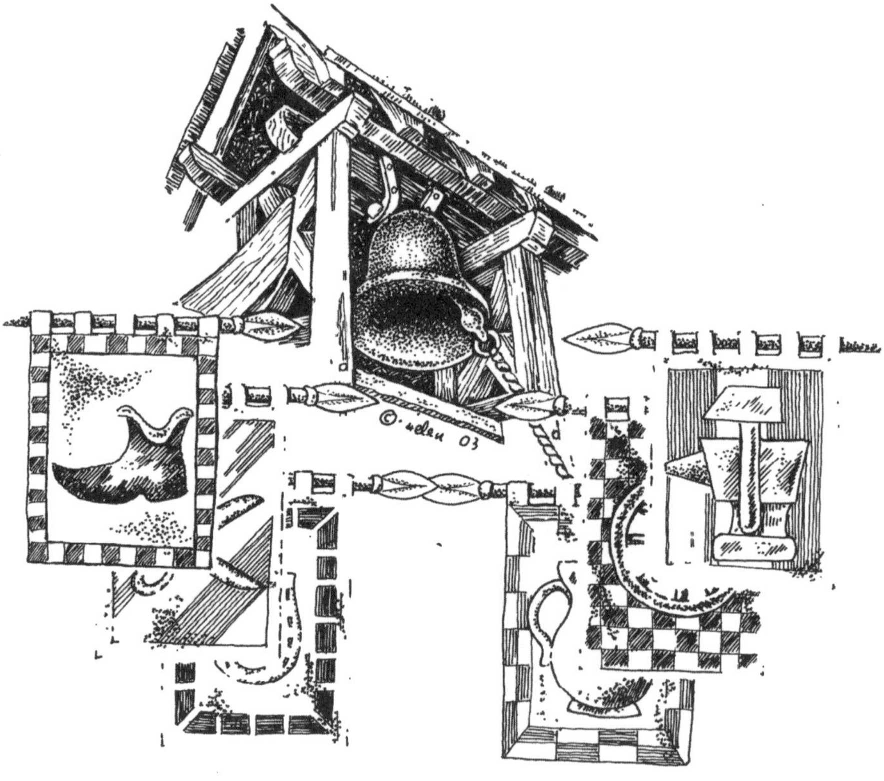

## Weitere Bücher aus dem Wartberg Verlag für Ihre Region

**Durch Wiesen, Weiher und Wälder –**
**Naturerlebnis Nordhessen Bd. II**
von Gisela und Manfred Delpho
80 S., geb., Farbfotos,
Großformat
(ISBN 3-8313-1073-4)

Kommen Sie mit auf eine Reise durch die nordhessische Natur und erleben Sie Tiere, Pflanzen wie Sie sie noch nicht gesehen haben.

Die beeindruckenden Aufnahmen des Naturfotografen Manfred Delpho sind das Ergebnis großen technischen Könnens, großer Ausdauer und Geduld und dem untrüglichen Gespür für den richtigen Augenblick.

Die Texte von Gisela Delpho beschreiben die Entstehung der Fotos, sind informativ, einfühlsam und häufig mit einem Augenzwinkern verfasst.

Unübersehbar und -lesbar teilen beide gleichermaßen die Liebe zur Natur.

Entdecken auch Sie die Natur vor Ihrer Haustür aus einem buchstäblich neuen Blickwinkel.

Wartberg Verlag GmbH & Co. KG
Bücher über Deutschlands Städte und Regionen
Im Wiesental 1 · 34281 Gudensberg-Gleichen
Telefon (0 56 03) 9 30 50 · Fax (0 56 03) 30 83
www.wartberg-verlag.de